Manfred Liedtke

Götterdämmerung auf Cayo Coco

Roman

Copyright: © 2019 Manfred Liedtke
Lektorat: Ulrike Rücker / info@lektorat-ruecker.de
Buchsatz: Erik Kinting / www.buchlektorat.net
Umschlaggestaltung: Manfred Liedtke

Verlag und Druck:
tredition GmbH
Halenreie 40-44
22359 Hamburg

978-3-7482-9425-2 (Paperback)
978-3-7482-9426-9 (Hardcover)
978-3-7482-9427-6 (e-Book)

Bibliografische Information der Deutschen Nationalbib-liothek:
Die Deutsche Nationalbibliothek verzeichnet diese Pub-likation in der Deutschen Nationalbibliografie; detaillier-te bibliografische Daten sind im Internet über http://dnb.d-nb.de abrufbar.

„Geschehen hat keine Umkehr."

Prolog

Die Hitze im August 1995 war unerträglich. In jenen heißen Tagen – ich nenne sie die Tage der Heuchelei – war ich Leiter der Mordkommission in einer kleinen Stadt in Sachsen. Mein Name: Markus Berger.

Es waren die Tage nach dem 13. August 1995. Die Tage nach dem todbringenden Anschlag auf Eddys Theaterbar. Sie nannten es eine Gasexplosion! Sie sagten, das Anzünden einer Zigarette im Keller der Bar hätte die Explosion ausgelöst.

Sie haben euch belogen! Es gab kein Gas in diesem Haus. Der Versorger hatte die Gasleitung schon vor Jahren außer Betrieb genommen.

***

Die Vorstandswahlen des einflussreichen Heimatvereins sorgten im Sommer 1995 für reichlich Wirbel. Die Stimmung in der Stadt war aufgeheizt, so aufgeheizt wie die Tage und Nächte in diesem August. Die rechte Szene hatte Hochkonjunktur, und die kleine Bar mit integriertem Theater, in der eine nicht alltägliche Gesellschaft ihr Anderssein leben konnte, war immer wieder das Ziel rechtsextremistischer Übergriffe. Ohne die Folgen zu ermessen, hatte sich der transsexuelle Pianospieler und Freund des Barbesitzers dazu entschlossen, den Übergriffen ein für alle Mal ein Ende zu setzen. Er kreierte ein Szenario, das zwangsläufig eskalieren musste ...

Die zunehmende Gereiztheit der gesamten Bevölkerung in unserer kleinen Stadt machte uns Sorgen. Ein Streit um die Schließung des Truppenübungsplatzes und die nächtlichen Ruhestörungen, verursacht durch Panzer, die nachts durch die Stadt fuhren, hatten den politisch einflussreichen Heimatverein fraktioniert. Eine Vielzahl von Vereinsmitgliedern protestierte seit Anfang des Sommers für ein neues Umweltkonzept. Sie forderten, dass der Truppenübungsplatz – schon zu DDR-Zeiten ein Ärgernis – geschlossen würde und die Panzer nachts in den Kasernen zu verbleiben hätten. Eine flapsige Androhung des Ministers für Verteidigung war die Folge. »Panzer ohne Truppenübungsplatz gehe gar nicht! Sollte dieser Umweltblödsinn durchkommen, machen wir die Garnison dicht!« Das erhöhte die Gereiztheit in der Bevölkerung nur noch mehr. Diese nicht den gängigen Regeln der Höflichkeit adäquate Einlassung des Ministers schreckte nicht nur die Geschäftswelt auf, die von den Soldaten und deren Familien lebte, sondern auch die Zivilangestellten beider Kasernen. Ihnen drohte die Arbeitslosigkeit.

Dr. Martin Reinhardt, Parteivorsitzender des FNB, der rechtsautoritären Partei mit der Sehnsucht nach einem großen Führer, war zudem Vorstandsmitglied des Heimatvereins und sorgte in dem Streit für weitere Aufregung. Seine Kolumne in der Regionalausgabe einer Boulevardzeitung veranlasste den Vorstand des Vereins, sich in einer Nacht-und-Nebel-Aktion aufzulösen. Reinhardt hatte behauptet, im Verein finde eine *Entseelung des deutschen Volkes statt. Der Verein gerate unter artfremden Einfluss.* Denn eines der Vorstandsmitglieder sei ein in der Stadt ansässiger Geschäftsmann, der die Religion, die Traditionen und Lebensweise eines gläubigen Juden pflegte. Die erbitterte Debatte, die Reinhardt mit seinem Meinungsbeitrag auslöste, wurde auf die Straße getragen. Die Folgen waren Demonstrationen und Krawalle, die bis zu der Wahl eines neuen Vorstands, am 13. August 1995, anhielten.

***

Ja, wir hatten die Gegebenheiten am Vormittag des 12. August 1995 völlig falsch eingeschätzt. Unsere ganze Aufmerksamkeit galt der Sicherheit bei der Vorstandswahl, die am nächsten Tag stattfinden sollte. Den Übergriff auf den Pianospieler Fred Krauss und die Nazischmiererei auf der Giebelwand der Bar hatten wir als einen der üblichen nazistischen Anschläge eingestuft. Erst nach Feststellung des Einbruchdiebstahls, der im Tohuwabohu der Aufregungen um den verletzten Pianospieler viel zu spät bemerkt wurde, war erkennbar, dass der gegenwärtige Anschlag eine andere Qualität aufzeigte als die Übergriffe in jüngster Zeit. Der *Datenklau*, eine neue Form des Diebstahls, machte uns die Folgen unmissverständlich klar. Mit den gestohlenen externen

Festplatten, auf denen sich unverschlüsselt sensible Daten befanden, sollte Eddy Schön, der Eigentümer der Theaterbar, erpresst werden. Würde er die Bar nicht schließen, so ließen die Erpresser verlauten, würden sie die Daten der Gäste veröffentlichen.

Polizeidirektor Matthias Hansen und ich waren uns ziemlich schnell darüber einig: Egal wie sich Eddy Schön auch entscheiden würde, wenn wir die Festplatten nicht so schnell als möglich fanden, wäre dieser Übergriff der Schlussakt für die Theaterbar.

Reinhardt war der Initiator dieses Einbruchdiebstahls, davon gingen wir aus. Es passte alles. Gebetsmühlenartig forderte Reinhardt auf den Veranstaltungen des FNB die Wiedereinsetzung des § 175 StGB, der 1994 ersatzlos gestrichen worden war. Für ihn aber wäre Homosexualität wider die Natur und sollte geahndet werden. Die Schließung der Bar, *dieser widernatürlichen Einrichtung*, war ihm eine *Herzensangelegenheit*.

Reinhardt mit unserem Verdacht zu konfrontieren, er sei der Mann hinter dieser politisch motivierten Straftat, war von Rechts wegen nicht möglich. Er genoss als Volksvertreter Schutz vor Strafverfolgung und nutzte dies aus. Um die politische Immunität, die er als Landtagsabgeordneter besaß, aufheben zu lassen, mussten dem Immunitätsausschuss des sächsischen Landtages konkrete Beweise vorliegen. Und die hatten wir nicht. Zudem hätte ein Aufhebungsverfahren Wochen gedauert. Genau das war unser Dilemma. Wir mussten unverzüglich handeln, aber wir durften es nicht! Uns waren gänzlich die Hände gebunden. Hinzu kam, dass Fred Krauss, Eddy Schöns transsexueller Pianospieler und unser Freund, seit dem Vormittag vermisst wurde. Wir wussten von Emmi, meiner Frau und Sekretärin bei Eddy Schön, dass Fred, *aufgetakelt wie eine Fregatte*, in eine Taxe gestiegen war. Und von Erna, Inhaberin der Imbissstube *Suppenterrine*, wussten wir, dass sie offenbar als Letzte noch mit Fred gesprochen hatte. Ja, hatte sie bestätigt, eine Taxe hätte laut bremsend vor ihrem Imbiss gehalten. Aufgeputzt wie eine Gräfin sei ihr Freund ausgestiegen und auf sie zugestürmt. Aufgewühlt habe er ihr erzählt, was bei Eddy vorgefallen war. Dann habe er einen Brief aus seiner Handtasche gekramt und gedroht, mit diesem werde er ein für alle Mal Schluss mit dem Naziterror machen. Er sei dann wieder in das Taxi gestiegen und davongefahren. So aufgebracht habe sie ihn noch nicht erlebt.

Bis in den späten Nachmittag des 12. August hatten Matthias und ich herauszufinden versucht, wo Fred sich aufhalten könnte. Außerdem haben wir uns über diesen mysteriösen Brief den Kopf zerbrochen. Was stand darin, was hatte Fred da in der Hand und wem wollte er damit drohen? Obwohl es greifbar vor uns lag, auf Reinhardt wären wir nicht gekommen. Fred und Reinhardt waren sich nie begegnet, sie kannten sich nicht und hatten sich folglich auch keine Briefe geschrieben – glaubten wir.

***

Wir waren in Eddys Bar zusammengekommen. Vier, die auf ein Lebenszeichen ihres Freundes warteten. Wir sprachen kaum. Jeder von uns war in Sorge um Fred und versuchte, sich irgendwie zu beschäftigen. Eddy polierte Gläser, Emmi kramte in irgendwelchen Papieren. Matthias telefonierte mit Anne, seiner Sekretärin. Ich las desinteressiert in einem dieser bunten Blätter für hirnlose Frauen irgendetwas über Filmstars. Dr. Eva Wohlert-Neuss, Psychologin und enge Freundin von uns, war aus ihrer Praxis zu uns rüber in die Bar gekommen. Sie hatte sich nur kurz über den Stand der Dinge informiert und wollte wieder gehen. Die Türklinke schon in der Hand rief Eddy sie zurück. »Halt, Eva, bitte!« Erstaunt drehte sie sich zu ihm um. Was jetzt kam, bezeichnete Emmi später einmal als den Moment, in dem die Bombe platzte. Ohne Evas Erstaunen zu beachten, bemerkte Eddy relativ unbeteiligt und wie aus heiterem Himmel: »Dieser Brief, den Fred Erna gezeigt hat, wurde vor ungefähr fünfunddreißig Jahren geschrieben …« Er bückte sich hinter den Tresen und tauchte stöhnend mit einem neuen Geschirrtuch wieder auf. »… vom jungen Reinhardt.« Allein das war schon hochexplosiv. Doch was dann kam, war die Detonation: »Reinhardt ist bisexuell. Fred war einmal Reinhardts große Liebe!«

1. Kapitel

2018
Dreiundzwanzig Jahre später

»Richtig, Mahnke, heute wissen wir, dass die offizielle Erklärung der damaligen Landesregierung ein Ammenmärchen war. Sachsen stand 1995 vor einer Landtagswahl, da war dem damaligen Ministerpräsidenten eine *Gasexplosion* in Schöns *Schwulenbar* nützlicher als ein rechtsradikaler Anschlag. Sie wünschte vor den Landtagswahlen weder eine Diskussion über den Rechtsextremismus noch über die gleichgeschlechtliche Liebe. Je misstrauischer die Bürger gegenüber ihrer Regierung wurden, desto stärker versuchten staatliche Stellen, den Anschlag herunterzuspielen. Die liberalen Reformer in der CSP hatten an Einfluss verloren. Die Hardliner in der Partei nutzten die Gunst der Stunde und verständigten sich mit dem FNB auf eine Koalitionsaussage. Um diese Liaison mit der *Neuen Rechten* nicht zu gefährden, verschwieg, vertuschte man die Vorgänge und versorgte die Öffentlichkeit mit Unwahrheiten. Auf einer Landespressekonferenz hieß es lapidar: ... *Der Inhaber der Theaterbar und Freunde von ihm sind in dem schrecklichen Inferno zu Tode gekommen, darunter auch der verdiente Polizeidirektor Matthias Hansen, der den Betreiber der Bar aus Jugendtagen kannte. Unser Mitgefühl gehört den Angehörigen. Einen Anschlag schließt die zu ermittelnde Behörde aus.*«

»Berger, Ihnen wurde unterstellt, Sie hätten sich zu stark von persönlichen Gefühlen leiten lassen, weil

Freunde von Ihnen, wie der Polizeidirektor Matthias Hansen, bei dieser Explosion getötet wurden. Ihre Bewertung sei unqualifiziert gewesen und widerspräche grundlegend dem Bericht des Landeskriminalamtes Sachsen. Ihre kritische Haltung zu den Ermittlungen des LKA hätte nicht nur das Ansehen der ermittelnden Behörde beschädigt, sondern auch die Reputation des Doktor Martin Reinhardt, Vorsitzender des rechtspopulistischen FNB und designierter Innenminister von Sachsen. Das hätte Sie ihre Stellung gekostet und ...«

»Mahnke, bitte! Sie kennen doch den Vorgang! Ich selber habe nach dem Wahlsieg dieser unseligen Koalition meine Entlassung eingereicht«, unterbreche ich ihn. »Sie wissen doch um meine Haltung. Unter einem Staatsminister der *Neuen Rechten* wollte ich nicht Polizist sein. Ich war Beamter und der Wahrheit verpflichtet! Es ist als ein solcher eben immer problematisch, recht zu haben, während die Regierung falsch liegt.«

»Und wie es sich gezeigt hat, haben Sie recht behalten.«

»Recht behalten ja, aber kein Recht bekommen. Der Anschlag, das Märchen von der Gasexplosion, wurde auch nach dem Scheitern der rechtskonservativen Regierung weder offiziell untersucht noch dementiert. Diese Lüge hat in Sachsen immer noch einen erschreckenden Grad an Beständigkeit. Dass sich Ihr politisches Magazin für diesen Vorgang 1995 nicht interessiert hat, wundert mich heute noch! Nur die Boulevardpresse argwöhnte und hat an eine *Gasexplosion* nicht glauben wollen. Ihr

Magazin, Mahnke, hat über andere nazistisch motivierte Anschläge im Osten wie auch im Westen seitenweise berichtet. Warum nicht über diesen? Vielleicht hätte das einiges verändert. Jetzt darüber lamentieren zu wollen, ist wohl ein bisschen zu spät! Seit über zwanzig Jahren regiert die CSP wieder alleine in Sachsen. Hat sich da etwas geändert? Nein! Diese Regierung lässt weiterhin das Ewiggestrige zu. Ein großer Teil der rechten Szene Sachsens hat zwar ihre Springerstiefel ausgezogen, weniger unappetitlich sind sie aber deswegen nicht geworden. Wie sieht es denn in diesem *Großdeutschland* heute aus, mein lieber Mahnke? Rechtspopulistisch klassifizierte Organisationen veranstalten vaterländische Spaziergänge. Wollen die Regierenden am Galgen sehen. Sie zünden weiterhin Flüchtlingsunterkünfte an und grölen sich bei den hypertonischen Konzerten mit *Stahlgewitter*, *TreueOrden* oder *Blutzeugen* ihre Naziseele aus dem Leibe. Und wir geben seit siebzig Jahren jeden 9. November im Bundestag ein ›*Nie wieder*‹ zum Besten. Und das Ergebnis? Aufs Neue sitzt eine Nazipartei in deutschen Parlamenten und scheißt auf das kollektive Erinnern! *Das,* Verehrtester, *das* ist die gallebittere Wahrheit.«

Mahnke nimmt seine Brille ab, schließt die Augen und reibt sich mit beiden Zeigefingern die Nasenwurzel. »Berger, ich verstehe ja Ihren Unmut. Aber es war eben *nicht* so wie in Hoyerswerda und Rostock-Lichtenhagen oder wie in Mölln. Laut Pressestelle der sächsischen Landesregierung, Sie haben es ja eben erwähnt, war es eine *Gasexplosion* im Keller einer Bar. Nicht mehr und nicht weniger! Kein Anschlag! Gut, wir haben uns auf die Aussage der Pressestelle verlassen. Wir haben nicht nachgehakt! Das war unser Fehler! Wir waren zu besoffen davon, über Geschichte zu schreiben. Unser großes Thema war die Vereinigung von Ost- und Westdeutschland. Und danach das Auseinanderdriften beider deutscher Staaten. Der Bürger, hüben wie drüben, wollte die Mauer zurück, sie noch höher wiederaufbauen, davor einen breiten Wassergraben ziehen – und Krokodile rein. Das war nach fünf Jahren Wiedervereinigung von dem Jubel geblieben! Dazu kam der Zerfall des Ostblocks. Was interessierte uns da eine *Gasexplosion* in einer sächsischen Schwulenbar? Das war im Höchstfall einen Splitter wert.«

***

Hans Mahnke und ich – zwei Freunde, die sich mit ihrem Nachnamen anredeten. Die trotz großer Vertrautheit bei dem förmlichen *Sie* geblieben waren. Nach dem tödlichen Anschlag auf Eddys Theaterbar wollte ich kein *Du*, keine Nähe, keine Freundschaften mehr. Die Distanz schützte mich vor einem weiteren Verlust, nahm mir die Angst vor der vermeintlichen Gewissheit, dass ich die Person verliere, zu der ich eine Bindung aufbauen würde. Freunde gab es für mich nur noch auf alten Fotos in meinem Büro, gerahmt und an der Wand hängend.

»In Ordnung«, meinte Mahnke lapidar, als ich sein angebotenes *Du* mit dieser Begründung ablehnte. Es sei zwar nicht einleuchtend, denn eine innere Verbundenheit bleibe eine innere Verbundenheit, ob nun mit einem *Sie* oder einem *Du*. Er verstand mich dennoch und akzeptierte es.

***

Mahnke wirkt auf mich nervös. Sein Besuch sei *nur* ein kurzes Vorbeischauen bei einem Freund, wie er mir weismachen will. Doch ich bin sicher, den altgewordenen Chefredakteur eines politischen Magazins bedrückt etwas. Aber was? Entweder er rückt jetzt damit raus oder *ich* werde deutlich.

Mit einem Schulterzucken, das wohl Resignation ausdrücken soll, setzt er sich. »Deutschland ist ein anderes Land geworden, Berger. Seit dieser Pseudologe die USA regiert, hat sich die Welt sichtbar nachteilig geändert – mit verhängnisvollen Auswirkungen.«

»Dann schreiben Sie *darüber*, Mahnke, und klagen Sie nicht nur. Sehen Sie hier.« Ich setze meine Brille auf, nehme *Das Journal* von meinem Schreibtisch, blättere in ihm, zeige auf eine Kolumne und lese eine kurze Passage daraus vor: »*Welch eine Pointe der Geschichte, den Deutschen fällt jetzt die Aufgabe zu, dem Faschismus die Stirn zu bieten und den neuen Führer im Weißen Haus niederzuringen.*«

Ich lege das Heft zurück auf den Schreibtisch, nehme meine Brille ab und sehe Mahnke an. In diesem Augenblick ahne ich, was er will. »Mahnke, Sie haben die Absicht, einen alten Hut wieder aufzudämpfen? Mann, Sie kennen doch meine Einstellung: Pilzgerichte und etwas Vergangenes sollte man nicht aufwärmen. Geschehen hat keine Umkehr, auch wenn man noch so viel darüber quatscht!«

Er lacht. »Nicht gleich schäumen, Berger. Ich möchte dieses Mal nicht eine von Ihren Geschichten, ich möchte *Ihre Unterstützung!* Ein Korrespondent in Rio de Janeiro bittet Sie über mich, ihm bei einem Nachruf zu helfen!«

»Bei einem Nachruf?«

Ungläubig sieht mich Mahnke an. »Sie wissen es nicht?«

»Was? Was soll ich nicht wissen?«, frage ich Mahnke etwas genervt.

»Frau Doktor Wohlert-Neuss wurde ermordet. Die brasilianischen Behörden haben in einer Pressekonferenz mitgeteilt, dass sie am vorigen Mittwoch im Badezimmer ihrer Wohnung in Rio tot aufgefunden wurde.«

»Ermordet?«

»Ja. Haben Sie das denn nicht gelesen, Berger? Das stand doch in jeder Dorfpostille.«

»Emmi und ich waren in der Türkei, das Wetter war hier so …«

»Berger, was ist mit Ihnen …?«

Ich halte mich am Schreibtisch fest. Plötzlich ist das Einst wieder da! Der Anschlag, die Bilder, die Trauer um unsere Freunde und diese Wut und Hilflosigkeit, aber auch die Pressekonferenz aus dem Jahr 2003. Ich muss mich setzen. Emmi und ich hatten seit einigen Jahren keinen Kontakt mehr zu Eva ... Also in Rio de Janeiro hat sie ihre letzten Jahre verbracht. Hat also auch die Jesusstatue, die auf dem Corcovado hoch über Rio de Janeiro thront, Eva nicht beschützen können? *Tinnef,* würde sie sagen, könnte sie jetzt meine Gedanken lesen. Ich habe sie und ihr *Tinnef* immer vermisst. *Tinnef* war ihr Lieblingswort. Das passte zu dieser Frau, die immer wusste, was sie wollte, und vor allem, was nicht. Ihr typischer Galgenhumor machte ihr das Leben nach dem Anschlag erträglich. Doch ihre wahre Größe verdankt sie zwei schlichten Eigenschaften: Anstand und Haltung. Der Anschlag von 1995 hatte sie in einen Zustand sprachlosen Entsetzens, in eine stumme abgrundtiefe Betrübnis gestürzt. Sie war die Einzige von unseren Freunden, die den Anschlag überlebt hatte – traumatisiert und mit schweren Verletzungen im Gesicht. Sie war eine Frau, mit der ich mich auf eine Weise unterhalten konnte, wie es nur unter besten Freunden möglich ist. Aber sie konnte nicht loslassen. Sie hatte durch Reinhardt leiden müssen. Hatte Luisa, ihre große Liebe, und ihren besten Freund, Matthias Hansen, bei dem Anschlag verloren. Sie verachtete Reinhardt zutiefst.

Das Glas Wasser, das mir Mahnke reicht, tut gut. Ich stehe wieder fest auf meinen Beinen und mit Mahnke vor seinem alten Renault.

»Überlegen Sie es sich, Berger! Ich stehe Ihnen da gern mit Rat und Tat zur Seite. Der Nachruf von einem

Freund geschrieben hätte eine ganz andere Qualität.«
Mahnke legt seine Hand auf meinen Arm. Erfreut, dass
es mir wieder besser geht, verabschiedet er sich und
steigt in seinen Wagen, schließt die Tür, lässt den Motor
an und winkt noch einmal. Dann fährt er Richtung Elb-
deich.

***

Die schwülwarme Luft wird zunehmend unangenehm.
Auf der anderen Seite der Elbe hängt ein Gewitter über
Hamburgs Westen. Nachdenklich gehe ich zurück in
mein Arbeitszimmer. Mir ist noch etwas schwindelig. Ich
setze mich und blicke mich in diesem Zimmer um, das
ich in all den Jahren nicht verändert habe. Hier sind so
viele Entscheidungen gereift. Emmi und ich sind darin
alt geworden.

Emmis Haar wechselt nicht mehr die Farbe – jetzt ist
es gleichbleibend grau. Amadeus, unser verrückter Kater,
ist vor zwei Jahren am Alter gestorben, und unsere
Tochter Rosa Marie ist fast erwachsen. Sie lebt in einem
Internat in Kanada und möchte nach dem Abitur an der
University of Toronto Medizin studieren. Will in Kanada
bleiben und dort praktizieren. Sie ist ein politisch interes-
siertes Mädchen und kann diese deutsche Überzeugung
eines großen nationalen Seins genauso wenig ertragen
wie Emmi und ich.

Von außen betrachtet führen wir ein ganz normales Leben! Wir haben versucht loszulassen. Das Damals, das Einst, das Früher zu vergessen. Doch die Vergangenheit ist unzerstörbar. Man kann sie unter einem Felsen vergraben, sie stößt trotzdem durch, wenn es an der Zeit ist.

2. Kapitel

1996

Das Wahljahr

Außer Eva hatte keiner der befreundeten Gäste den Anschlag auf Eddys Theaterbar überlebt. Zur Zeit der Explosion hätte sie, so erzählte sie später, im Toilettenvorraum gestanden und sich, in einiger Distanz zum Spiegel, das Haar gekämmt. Erinnern könne sie sich nur noch daran, dass Eddy *Amsterdam* von Jacques Brel gesungen habe. Dann sei der Spiegel zersplittert, unzählige Scherben flogen auf sie zu und trafen ihr Gesicht. Sie sei danach zusammengebrochen. Irgendjemand habe sie dann wohl aus diesem Inferno gezogen. Und an einen Hubschrauber, mit dem sie geflogen war, könne sie sich auch noch erinnern.

Weitsichtigkeit habe eben auch ihren Vorteil, witzelte Eva. Hätte sie ihre Brille nicht in der Bar liegen gelassen, wäre sie vermutlich näher an den Spiegel herangetreten, hätte sich nicht nur gekämmt, sondern auch noch ihre Lippen nachgezogen. Die kosmetische Chirurgie hätte dann ein noch größeres Wunder vollbringen müssen, um sie in die hässliche Alte zurückzuoperieren!

Erst als Eva in die Öffentlichkeit trat, um vor den Wahlständen des FNB still mit ihrem Narbengesicht gegen Reinhardt zu protestieren, wurde der Presse bewusst, dass es eine Überlebende gab. Und dass es für die Einwohner unserer Stadt unwichtig geworden war, *was* die Explosion in *dieser Schwulenbar* ausgelöst hatte. Die Bürger waren gereizt. Sie wollten endlich ihre Ruhe und kein weiteres Erinnern. Ihr Interesse galt nicht mehr den Opfern des vermeintlichen Anschlags. Sie konzentrierten sich auf die Überlebende, *die Lesbe,* richteten ihr Augenmerk auf die Psychologin Dr. Eva Wohlert-Neuss, *die mit ihrer abstoßenden Visage und ihrem Protest in der gesamten Republik den Ruf der Stadt endgültig ruiniere.*

Das Boulevardblatt mit der höchsten Verkaufsauflage in Deutschland gab der *schwulen Community* eine moralische Mitschuld an dem Anschlag. Machte Stimmung gegen Homosexualität und missbilligte einen aufwühlenden Auftritt, den Eva in einer ARD-Talkshow hatte. Gegen alle Erwartungen stiegen die Remittenden in Westdeutschland besorgniserregend an, die Auflage sank permanent.

Um sein schlingerndes Schlachtschiff wieder in ruhige Fahrwasser zu lenken, entließ der Verleger den konservativen Chefredakteur mit einer hohen Abfindung aus seinem Vertrag. Er hatte die ostdeutschen Befindlichkeiten als gesamtdeutsch eingeschätzt. Doch der Westen Deutschlands war vorurteilsfreier als der rückständige Zeitungsmacher geglaubt hatte. Liberalität lag in der Luft.

Der *neue* Chefredakteur, berauscht vom *Tolerantsein,* das unter der alten Führung nur gering geschätzt wurde, verließ die Verlagskonferenz mit einer *Carte blanche,* wie der Verleger von Strelow sein Vertrauen in den Neuen benannte. Dieser gab der gleichgeschlechtlichen Liebe wieder eine Plattform. Erteilte Empfehlungen für seriöse Schwulenklubs und Saunen und machte Dr. Eva Wohlert-Neuss zur Galionsfigur seiner Zeitung. Er trat für jegliches Anderssein ein und verstimmte damit nicht nur einige seiner fortschrittsfeindlichen Ressortleiter, sondern auch die Parteiführung des FNB. Die Herren hatten das Blatt bislang bejubelt und als *bombige Wahlkampfhilfe* konstatiert. Nach dem Wechsel in der Chefredaktion war die Parteispitze des FNB im höchsten Maße besorgt ob des beifälligen Geschmiere *über die schwule Mischpoke.*

Der Parteivorsitzende des FNB, Dr. Martin Reinhardt, schrieb an den Verleger von Strelow und appellierte an dessen ethische Verantwortung gegenüber dem deutschen Volk.

Der Verleger fühlte sich durch das Schreiben erinnert, und das in außergewöhnlicher Heftigkeit, an eine ekelhafte antisemitische Kolumne, die *dieser Reinhardt* in einer Regionalausgabe seines Blattes vor Monaten verfasst hatte. Er erinnerte sich auch sehr genau daran, dass Reinhardt in dieser *unseligen* Kolumne den Vorstand des hiesigen Heimatvereins als *verjudet* bezeichnet hatte. Und auch das Entsetzen des Zentralrats der Juden hatte er nicht vergessen. Der Verleger ließ nun das, was seine Mitarbeiter ihm gern vorwarfen, nämlich ein hochgradig nachtragender Mann zu sein, zur Gewissheit werden.

Er antwortete dem *Herrn Doktor Reinhardt,* dass er weder päpstliche Enzykliken noch Kampfblätter wie

›Der Stürmer‹ verlege, sondern unabhängige, repressions-
freie und der Zeit adäquate Tageszeitungen. Wie *Herr
Doktor Reinhardt* als promovierter Jurist wohl wisse, sei
diese unselige, seit der Constitutio Criminalis Carolina
geltende Strafandrohung gegen widernatürliche Unzucht
seit 1994 endgültig aufgehoben. Daher gäbe es für ihn
auch nicht die geringste Veranlassung, weiterhin die
Diskriminierung der gleichgeschlechtlichen Liebe in
seinen Medien zu akzeptieren.

Weiter teilte er dem *werten Doktor Reinhardt* mit, dass
in den Printmedien seines Verlags kein Anzeigenplatz für
Wahlwerbungen des FNB zur Verfügung stehe. Dieses
gelte ebenfalls für seinen Fernsehsender. Auch würde er
ein Interview mit *Reinhardt* aus dem Programm des Senders nehmen lassen. Die Diskrepanz zwischen seinen
Wahlkampfreden, die dem Verleger als Mitschnitte vor-
lägen, und dem Interview aus der Sendereihe ›Parteivorsitzende antworten‹ wäre so signifikant, dass er eine Ausstrahlung nicht verantworten könne.

*... Mein Vater, Doktor Reinhardt, Verleger und Herausgeber des
HAMBURGER MORGEN, wurde von Menschen Ihrer
Geisteshaltung im Sommer 1934, nur weil er sich mannhaft wei-
gerte, seinen sozialdemokratischen Chefredakteur und sechs liberale
Redakteure gegen parteikonforme Dilettanten auszutauschen, so
unter Druck gesetzt, dass er Selbstmord beging.*

Mehr hatte er Reinhardt nicht mitzuteilen. Er schloss das
Schreiben ohne Gruß mit *Dr. Klaus von Strelow (Verleger)*

Beide Briefe, Reinhardts und von Strelows, wurden in den Gazetten des von Strelow Verlages kommentarlos veröffentlicht und somit letztlich in Gänze dem nachtragenden Charakter des Verlegers Genüge getan.

Reinhardt schäumte, nannte auf seinen Wahlveranstaltungen Klaus von Strelows Zeitungen *schamlose Kampfblätter gegen deutsche Tugenden* und diffamierte den Selbstmord des Verlegervaters als keineswegs politische, sondern als familiäre Verzweiflungstat. Der Verleger Julius von Strelow hätte nach Reinhardts Informationen kurz vor einer ruinösen Scheidung gestanden.

Dr. Klaus von Strelow ließ daraufhin, ebenfalls kommentarlos, auch den authentischen Abschiedsbrief seines Vaters veröffentlichen, welcher Reinhardts Behauptung, der Selbstmord sei nicht politischer Natur gewesen, Lügen strafte.

Der Landesvorstand der Christlich Sozialen Partei, auf das Äußerste beunruhigt, nahm die Veröffentlichung der Briefe zum Anlass, Dr. Martin Reinhardt in ihre Dresdner Zentrale zu bitten.

»Diesem Landesvorstand, lieber Reinhardt, ist gewiss nicht neu, noch fremd, dass im Wahlkampf auch geholzt wird! Doch die Attacken gegen von Strelow und seine Publikationen, verehrter Doktor, sind für die CSP absolut nicht hinnehmbar. Von Strelow ist ein außergewöhnlicher Verleger und ein Freund des Kanzlers. Und dieser zeigt derzeit keine große Sympathie für unsere angestrebte sächsische Koalition. Wir wissen nicht, wie der Kanzler und Parteivorsitzende reagiert, wenn Sie mit Ihren Anfeindungen gegen von Strelow fortfahren, Wahlkampf im Sinne von *deutschnational* betreiben und moralinsaure Appelle an die Sachsen richten. Ihre aggressive Deutschtümelei verschreckt nicht nur, um es einmal mit Ihren Worten zu sagen, verehrter Doktor, die *nationalisierten Fremdlinge*, sondern auch Parteifreunde und unsere Wähler. Laut Demoskopie verliert die von uns ins Auge gefasste Koalition erheblich an Zustimmung und somit auch die Plätze auf der Regierungsbank.«

Dr. Hans Seefelder, Parteivorsitzender der sächsischen CSP in dieser *Inquisitionsrunde,* wie sie Reinhardt später einmal nannte, ermahnte ihn eindringlich: »Doktor Reinhardt, seien Sie vernünftig, lassen Sie unsere Sachsen so, wie sie sind! Hier wird ein Landtag gewählt und nicht der Reichstag von 1933. Spielen Sie nicht den Moralapostel, Reinhardt! Es gibt da gewisse Gerüchte …« Er legte seine Hand auf Reinhardts Schulter. »Aber lassen wir das! Machen Sie einfach etwas weniger auf deutsche Tugenden und Moral. Und wenn Sie unbedingt im *Dreck* wühlen müssen, lieber Doktor, dann nehmen Sie sich unsere Gegner vor, aber bitte nicht Parteifreunde wie von Strelow. Hauen Sie der Konkurrenz ihre Wahlversprechen um die Ohren und zerpflücken Sie deren Wahlprogramme! Das ist doch Ihre Stärke! Mann, seien Sie der Kerl, den wir aus seinen Reden im Landtag kennen! Mein Ratschlag, lieber Reinhardt, ändern Sie Ihre Strategie! Wenn Sie mit Ihrem Geschwafel von *Deutschland den Deutschen* so weitermachen, muss die CSP leider die Reißleine ziehen und über andere Koalitionsmöglichkeiten nachdenken. Und, Doktor, das wollen wir doch wohl beide nicht!«

Reinhardt nahm die Hand des Vorsitzenden von seiner Schulter und sah ihn lächelnd an. »Ich frage mich ernsthaft, wofür das ›C‹ im Signet Ihrer Partei steht.« Er verabschiedete sich von Seefelder und ging.

Verärgert über Reinhardts Zweifel an der gottesfürchtigen Geisteshaltung seiner Partei rief Seefelder dem Gehenden empört hinterher: »Kommen Sie mir nicht so – nicht so, Doktor Reinhardt!«

Nach dem Besuch in der Parteizentrale der CSP zeigte Reinhardt dennoch Vernunft. Er hielt sich in seinen Wahlveranstaltungen ungewöhnlich zurück, bezeichnete seine Partei zwar als rechtskonservativ, jedoch demokratisch und verfassungstreu und missbilligte jeglichen Extremismus. Die Entscheidungsträger in der CSP, von Reinhardts Gesinnungswandel beeindruckt, waren der verhängnisvollen Ansicht: Wenn es darauf ankomme, sei er eben doch der verantwortungsvolle Politiker, so wie man ihn aus vielen Parlamentsdebatten kannte.

***

Um sich zu entspannen, hörte Dr. Martin Reinhardt bei längeren Autofahrten klassische Musik. Vor allem die Musik aus Wagneropern war für ihn Stimulans vor Wahlveranstaltungen. Wagners Vorliebe für germanische Heldensagen, und christliche Mystik und sein Antisemitismus machten ihn zu Reinhardts Lieblingskomponisten. Wagner war für Reinhardt genauso Vordenker wie für alle nationalistisch gesinnten Deutschen.

Auf dem Weg zu einer Wahlveranstaltung in Radeberg schob er eine Compact Disc, die vor zwei Wochen neben anderen Geschenken auf seinem Geburtstagstisch gelegen hatte, in den CD-Player seines Autoradios. Die lange Fahrt nach Radeberg würde er nutzen, um sie sich endlich einmal anzuhören. Er liebte die Wagneroper ›Tannhäuser‹. Doch was da aus den Lautsprechern tönte, war alles andere als sein Wagner. Die Disc, professionell erstellt, enthielt nicht wie auf dem Cover deklariert Richard Wagners ›Tannhäuser‹, sondern eine Passage aus Liszts ›Les Prélude‹, die sogenannte *Russlandfanfare*, die ab 1941 bis Kriegsende aus den deutschen Volksempfängern ertönte und das akustische Signal für Wehrmachtsmeldungen war. Nach der Fanfare hörte er ein Klopfen, dann eine Frauenstimme: »*Er ist da.*«

»*Na, dann nichts wie her mit ihm! Holen Sie ihn bitte ab, Inge!*«, hörte er eine männliche Stimme antworten. Danach Rascheln von Papier. Schritte! Der Straßenlärm wurde lauter. Vermutlich wurde ein Fenster geöffnet. Wieder

Schritte. Etwas wurde über den Boden geschoben. Dann Telefonläuten. *»Ja? – Nein, ich habe gleich ein Gespräch. Ich melde mich!«* Es war unverkennbar die Stimme des Oberstaatsanwalts Böttcher. Der Telefonhörer wurde aufgelegt. Ruhe! Erneutes Klopfen! *»Ja, bitte?«* Wieder dieses schiebende Geräusch. *»Danke, Inge! – Doktor Reinhardt! Meine tief empfundene Anteilnahme. Dass Sie sich trotz dieses schmerzlichen Anlasses bemüht haben ... Setzen Sie sich doch bitte.«*

Reinhardt war dermaßen überrascht von dem, was er hörte, dass er fast die Kontrolle über seinen Mercedes verlor. Er stoppte die CD, parkte seinen Wagen am Rand der Landstraße und hörte sich die Aufnahme in Ruhe und bis zum Ende an.

Kopfschüttelnd lehnte er sich in seinem Sitz zurück und zündete sich eine Davidoff Menthol an. Ein vortreffliches Geburtstagsgeschenk, dieser nicht legitimierte Mitschnitt seines Gesprächs mit Oberstaatsanwalt Böttcher vom 14. August 1995, einen Tag nach dem Anschlag auf die *Schwulenbar*. Genau das war es, was Reinhardt fehlte, um sich Böttchers zu entledigen, sollte er sächsischer Staatsminister des Inneren werden.

Die Davidoff war aufgeraucht. Er drückte die Kippe aus und warf sie aus dem Wagenfenster, lehnte sich wieder zurück und vergegenwärtigte sich jeden Einzelnen seiner Geburtstagsgäste.

Nach einem kurzen Hochgefühl stellte sich Skepsis ein. Wer hatte ihm diese Aufnahme mitten im Landtagswahlkampf auf den Gabentisch gelegt? Es waren nicht nur Parteifreunde zu seiner Feier in Auerbachs Keller eingeladen gewesen. Egal, diesen Mitschnitt gab es nun einmal und er würde sehr gut vorbereitet sein, sollte von diesem Gespräch mit Böttcher vor der Wahl etwas an die Öffentlichkeit dringen. Er würde auf jeden Fall die CD zu nutzen wissen.

Kopfschüttelnd startete er den Mercedes, schrammte leicht an einem Baum vorbei und fuhr, ohne dem auch nur die geringste Beachtung zu schenken, zu seiner Wahlveranstaltung nach Radeberg.

3. Kapitel

14. April 1996
Der Wahltag

Am Wetter würde es jedenfalls nicht liegen, wenn die Wahlbeteiligung so ausfallen sollte, wie es die Demoskopie vorhergesagt hatte. Das Orkantief, das in der Nacht zum 14. April 1996 über Sachsen gezogen war, hatte keine gravierenden Verwüstungen angerichtet. Es sei hier und da ein Baum umgefallen, größere Schäden oder gar Verletzte gab es jedoch nicht, hieß es in den Nachrichten. Nach der Vorhersage des Deutschen Wetterdienstes sollte sich die Wetterlage am Tage weiter beruhigen und auf der Rückseite eines Tiefs kältere Luft mit Sonnenschein nach Sachsen bringen.

Am Wahlabend, als die ersten Hochrechnungen über die Fernsehschirme flimmerten, wurde klar, dass die repräsentative Auswahl der Sachsen wohl nicht so repräsentativ ihre ehrliche Meinung gesagt hatte. Die Demoskopen lagen mit ihrer vorhergesagten Wahlbeteiligung komplett daneben. Es waren nicht wie prognostiziert fünfundfünfzig, sondern achtundsechzig Prozent der Sachsen an die Wahlurnen gegangen. Auch das Zustandekommen der angestrebten Koalition zwischen CSP und FNB galt bei den Meinungsforschern als äußerst fraglich. Das tatsächliche Ergebnis strafte jedoch alle Prognosen Lügen. Die Wahl zum Landtag war nicht nur ein Desaster für die Demoskopie, sie erschreckte auch die sechsund-vierzig Prozent der Sachsen, die andere Parteien gewählt hatten.

Vierundfünfzig Prozent der Wähler, die ihre Stimme abgegeben hatten, entschieden sich für eine Koalition zwischen CSP und den Rechten.

Als die Parteivorsitzenden in einer MDR-Fernsehrunde die Wahl analysierten und Reinhardt von einem neuen Volkszusammengehörigkeitsgefühl, von einer Rückkehr zu traditionellen und religiösen Werten, von Ablehnung jeglicher Zuwanderung, von einem Boy-kott der EU und ihren Zielen, von einem konservativen Familienbild, von Respekt gegenüber den Obrigkeiten wie Regierung und Kirche und dann auch noch von mehr Sühne sprach, verließ der Landeschef der Ökopar-tei das Studio mit den Worten: »Es reicht! Wiedersehen! Und einen schönen Gruß an Ihr krankes Hirn, Doktor Reinhardt!« Die sächsischen Vorsitzenden der anderen Parteien, einschließlich des Parteivorsitzenden der CSP, Hans Seefelder, gingen ebenfalls. Der politische Skandal war perfekt.

Die Moderatorin, bekannt als lenkende Vermittlerin in konfliktgeladenen Diskussionsrunden und leitende politische Redakteurin des MDR, blieb höchst profes-sionell. Interessiert beobachtete sie Reinhardt, der seinen Kollegen nachblickte und sich ihr danach wieder zu-wandte.

»Doktor Reinhardt, Sie lächeln?«

»Was sollte mich daran hindern, Frau van der Aeck?«

»Nun, Ihnen ist gerade Ihr gewünschter Koalitions-partner davongelaufen.«

»Moment! Der Wunsch zu koalieren ging nicht vom FNB aus, sondern von der CSP. Das sollten Sie als leitende politische Redakteurin eigentlich wissen!«

»Gut!« Sie lächelte zurück. »Was meinen Sie, ist der FNB raus, wird es jetzt zu einer Mehrparteienregierung kommen?«

»Nein!«

»So sicher?«

»Ja! – Die Empörung, Frau van der Aeck, ist in der Politik der Heiligenschein der Scheinheiligen, aber keine Basis für Koalitionsverhandlungen. Da geht es dann nicht mehr um die schöne Doktrin, Verehrteste, sondern um reinen Machtpoker.«

»Sie unterstellen also den Herren, die diese Runde verlassen haben, Scheinheiligkeit?«

»Wissen Sie, die Kollegen predigen Wasser, saufen aber Wein, wenn's um die Macht geht. Allein das Gezänk, welches Ministerium welcher Partei zusteht, wird eine Mehrparteienregierung verhindern.«

»Was macht Sie da so sicher, Doktor Reinhardt?«

»Erfahrung, Frau van der Aeck!«

»Doktor Reinhardt, Sie haben bei dem Anschlag vom 13. August vergangenen Jahres Ihre Frau verloren, kann es sein …«

»Ich danke Ihnen, Frau van der Aeck!« Jetzt stand auch Reinhardt auf und ging.

Sein selbstgefälliger Fernsehauftritt war für die CSP ein Desaster. Doch erst bei einer Liveschaltung des MDR zur Wahlparty der Freien Nationalen wurde den Christlichen klar, dass sich Reinhardts Gesinnung in keinem Augenblick vom Gestern verabschiedet hatte. Beseelt durch seinen Wahlerfolg und mehrere Gläser Champagner, deklamierte er, verballhornisierend, den letzten Vers aus Emanuel Geibels Gedicht ›Deutschlands Beruf‹:

»Macht und Freiheit, Recht und Sitte,
Klarer Geist und scharfer Hieb,
Zügeln dann aus unserer Mitte
Der Parteien wilden Trieb.
Und es wird an unserm Wesen
Dieses Land endlich genesen.«

Wie es Reinhardt am Wahlabend vorhergesagt hatte, scheiterten die Sondierungsgespräche der CSP über eine Mehrparteienregierung nicht an den Grundsätzen der einzelnen Parteien, sondern an deren Gezänk über die Aufteilung der Macht. Hinzu kam, dass die Abkehr der CSP von ihrer ursprünglichen Koalitionsaussage Auswirkungen hatte, die so von ihr nicht erwartet wurden. Verärgerte Anrufe und bösartige Leserbriefe in den Tageszeitungen veranlassten den Bundesvorstand, dem Machtgerangel ein Ende zu setzen. Die sächsischen CSP-Wähler wollten einzig und allein rechtskonservativ regiert werden. Nicht ein bisschen liberal oder ökologisch, und ein bisschen sozialistisch schon gar nicht.

Man bat Reinhardt ins Kanzleramt. Nach einem guten Gespräch über das Mehrheitsverhältnis im Bundesrat – Sachsen war das Zünglein an der Waage – und über ein zuverlässiges Abstimmungsverhalten des FNB im sächsischen Landtag, empfahl der Kanzler, die Koalitionsverhandlungen mit dem FNB aufzunehmen. Man habe ja in Sachsen eine starke Kandidatin für das Amt des Ministerpräsidenten, begründete der Kanzler seine Entscheidung. Die werde diesen Reinhardt schon zügeln, sollte er sich vergaloppieren. Was den Generalsekretär der CSP veranlasste zu sticheln: »Hindenburg lässt herzlich grüßen!« Zwischen ihm und dem Kanzler gab es erhebliche Differenzen über den Kurs der Partei.

4. Kapitel

Anfang Mai 1996
Die Offenbarung

Das riesige Blumengebinde der zur Liebestollheit neigenden Staatsministerin der Justiz, Marianne Hillen, stand noch in voller Blüte auf seinem Schreibtisch, als der neu vereidigte Staatsminister des Inneren, Dr. Martin Reinhardt, den Entschluss fasste, die Ministerin von einer Aufzeichnung zu unterrichten, die sich als Compact Disc im Oktober des letzten Jahres auf seinem Geburtstagstisch befunden hatte. Er nahm die CD aus seiner Aktenmappe, sagte seiner Sekretärin, dass er eine Dreiviertelstunde ungestört bleiben wolle, roch kurz an den Blumen, schob die CD in den Player der hochwertigen, aus Steuergeldern finanzierten Kompaktanlage und setzte die Kopfhörer auf. Er wollte sich die Aufnahme noch einmal anhören, bevor er mit Marianne Hillen im Restaurant des ›Taschenbergpalais‹ zu Abend aß. Jede Antwort, die er Böttcher auf dessen Fragen gegeben hatte, war von ihm noch einmal auf Schlüssigkeit überprüft worden. Zu unklaren Erwiderungen auf Böttchers Fragen hatte er sich sogar erklärende Notizen gemacht. Zeugen und Nachweise für das, was er Böttcher am Montag, dem 14. August 1995, aufgetischt hatte, gab es nicht mehr. Die Erpresser waren tot und die Beweismittel bei dem Anschlag verbrannt. Er hatte alles gründlich bedacht! Und die Ministerin?

Reinhardt schmunzelte. Er hatte in seinem Sommerhaus ihre Geilheit zum Höhepunkt gebracht. Sie würde daher über das Geständnis seiner vermeintlichen homoerotischen Liebelei nur herzlich lachen, den Mitschnitt als eine Rechtsverletzung der Staatsanwaltschaft werten und Oberstaatsanwalt Böttcher aus dem Dienst entlassen. Reinhardt drückte auf Play.

Russlandfanfare, dann ein Klopfen.

»*Er ist da.*«

»*Na, dann nichts wie her mit ihm! Holen Sie ihn bitte ab, Inge!*«

Die folgenden Geräusche waren unwichtig. Reinhart drückte kurz auf Vorlauf, danach auf Stopp und wieder auf Play.

»*Danke, Inge! – Doktor Reinhardt! Meine tief empfundene Anteilnahme. Dass Sie sich trotz dieses schmerzlichen Anlasses bemüht haben … Setzen Sie sich doch bitte. Möchten Sie etwas trinken? Kaffee, Tee, Wasser?*«

»*Einen Kaffee bitte.*«

»*Inge, machen Sie uns bitte Kaffee?*«

»*Kommt sofort, Doktor Böttcher!*«

»*Danke, Inge, und schließen Sie bitte auch die Tür! Also, Doktor Reinhardt, Sie möchten mit mir über diese Erpressung vom Samstag sprechen.*«

»*Ja.*«

»*Darf ich Sie zu den Vorgängen befragen, oder möchten Sie …?*«

»Nein, nein, ist schon so in Ordnung. Fragen Sie nur.«

»Doktor Reinhardt, der Name Schön, sagt er Ihnen etwas?«

»Schön? – Im Moment nicht, nein!«

»Schön war Eigentümer der Bar, die Ihre Leute immer mal gern mit nazistischen Parolen beschmierten. Er ist Opfer des gestrigen Anschlags geworden.«

»Halt, Böttcher! Vergessen Sie bitte nicht, dass ich Sie um dieses Gespräch gebeten habe und nicht Sie mich. Also, bitte nicht so!«

»Entschuldigen Sie. Also, kennen Sie den Eigentümer dieser Bar?«

»Sagen wir mal so: Ich habe von ihm gehört.«

»Er ist es, der uns Sonnabendnachmittag darauf hingewiesen hat, dass Sie vor Jahren einen intimen Brief, nennen wir ihn einmal so, an seinen Freund und Pianisten Fred Krauss geschrieben haben. Ist das so richtig?«

»Ja, das ist richtig.«

»Dann ist Ihnen das Spezifikum von Krauss bekannt?«

»Ja.«

»Hat man diesen Brief benutzt, um Sie nach Paragraf 253, StGB zu erpressen?«

»Ja.«

»Haben Sie eine Schwäche für derart geartete Männer, Doktor Reinhardt?«

»Bitte, werden Sie nicht wieder impertinent, Böttcher!«

»Gut, frage ich mal anders! Warum schreibt ein heteronormativer junger Mann einen Liebesbrief an einen Transsexuellen?«

»Weil dieser heteronormative junge Mann keine Ahnung hatte, was in den Frauenkleidern steckte.«

»Sie hatten keine Ahnung?«

»Nein, ich hatte keine Ahnung! Sie oder er, wie Sie wollen, hat mich geküsst! Und als Pubertierender empfand ich es als sehr reizvoll, einfach so von einer älteren Frau geküsst zu werden, Herr Oberstaatsanwalt! Sie war zart, sehr weich. Keine Spur maskulin. Ich habe mir so eine Abartigkeit in meiner jugendlichen Unbedarftheit nicht vorstellen können! Und als anständiger deutscher Junge ging man damals auch einem Mädel nicht sofort an die Scham!«

»Sie erkannten also nicht den Mann in dieser Frau?«

»Hören Sie mal, ich habe es doch gerade präzisiert. Natürlich nicht!«

»Sie lebten damals in Berlin.«

»Ja. Mein Vater hatte ein Buch- und Militaria-Antiquariat in Berlin.«

»Wo haben Sie Krauss kennengelernt?«

»Mein Vater und ich wollten bei ihm antiquarische Bücher abholen. Geschichten aus beiden Weltkriegen. Die liefen in seinem Militaria-Laden eine Zeit lang gut. Warten Sie! – Wenn ich mich recht erinnere, war damals Krauss' Tante gerade verstorben und der ganze Krempel in dem Haus sollte verkauft werden. Krauss zeigte uns im Keller Regale, auf denen die Bücher standen, die mein Vater ihm abgekauft hatte. Mein Vater ist rauf, um Kisten zu holen, und Krauss hat die Gelegenheit wahrgenommen ... Ein Kuss, mehr war da nicht.«

»Und danach haben Sie ihm diesen Brief geschrieben? – Warum?«

»Ja, warum wohl? Ich glaubte, diese Frau empfindet etwas für mich. Ich wollte sie wiedersehen. Ist doch verständlich!«

»Haben Sie ihn wiedergesehen?«

»Und ob! Ich konnte in den folgenden Nächten nicht schlafen. Herr Gott, was habe ich mir alles vorgestellt. Nach zwei Tagen habe ich es nicht mehr ausgehalten und bin wieder zu dem Haus.«

»Wurden Ihre nächtlichen Fantasien erfüllt? Haben Sie mit ihm geschlafen?«

»Lassen Sie diesen Quatsch, Böttcher, ich bin nicht vom anderen Ufer! Mit ihm geschlafen? Wie ein Reiher habe ich gekotzt. – Da war so 'ne alte Hundehütte. Die lag umgekippt auf dem Rasen. Ich habe sie zu dem beleuchteten Fenster gezogen, bin raufgestiegen.«

»Und?«

»Krauss stand geschminkt und mit einer Perücke auf dem Kopf nackt vor einem Spiegel. Ich bin von dieser Hundehütte runter und nix wie weg. Auf der Straße habe ich mich dann übergeben.«

»Nun, Sie haben es ja überlebt! Kommen wir mal auf den vergangenen Samstag zu sprechen. Diese Erpressung im Hotel ›Prinzenhof‹. Ziemlich unverständlich für mich, dass Sie sich nicht sofort an die Polizei gewandt haben!«

»Das verstehen Sie nicht?«

»Nein! Ausgerechnet Sie, bekannt für eine unnachgiebige Einstellung gegenüber gleichgeschlechtlichen Beziehungen, lassen sich von zwei Männern in Frauenkleidern durch die voll besetzte Lobby einer Prominentenabsteige begleiten. Das kriege ich nicht zusammen. Sie sind doch sonst nicht so dünnhäutig! Dieses Briefchen ...«

»Dieses Briefchen, mein lieber Böttcher, hätte mich politisch nicht überleben lassen. Wäre Krauss damit zur Presse gegangen ... ich mag mir das gar nicht vergegenwärtigen. Das wäre für meine

Gegner ein gefundenes Fressen und für meine Partei eine Katastrophe. Dazu kam, dass die CSP an diesem Wochenende über eine Koalition mit dem FNB abstimmen sollte.«

»Gut. Sie wissen, warum Sie erpresst wurden?«

»So wie ich das verstanden habe, sollte ich meinen Nazibengels die Schmierereien an dieser Schwulenbar untersagen.«

»Erinnern Sie sich doch bitte an unser Telefonat, das wir Samstagnacht geführt haben. Sicherlich spielte dieses nazistische Geschmiere bei der Blackmail eine Rolle, doch in erster Linie ging es doch wohl um die beiden Datenträger aus dem Einbruchdiebstahl bei Schön. Trotz aller Vorbehalte der Staatsanwaltschaft ist die Kripo der Ansicht, Sie seien die graue Eminenz in dieser Sache.«

»Die Kripo? Wohl eher Kriminalrat Hansen! – Das ist absoluter Quatsch! Wissen Sie, Doktor, ich habe in meinem Leben schon allerhand unglaubliche Geschichten über mich gehört, aber das hier ist schon beleidigend! Trauen Sie mir wirklich eine solche Dummheit zu? – Beauftragter Einbruchdiebstahl! Damit schießen Sie nun wirklich den Vogel ab.«

»Lassen Sie mich weiterfragen, Doktor Reinhardt. Wie sind Sie an diese Datenträger gekommen? Es ist zweifelsfrei erwiesen, dass diese von Ihnen an der Rezeption des Hotels ›Prinzenhof‹ abgegeben wurden.«

»Ich habe der Rezeptionistin nichts anderes als ein Paket übergeben, das mir von den Transen in die Hand gedrückt worden war, Herr Oberstaatsanwalt. Über diesen Einbruchdiebstahl und den Inhalt des Pakets habe ich erst am Samstagabend von Hansen erfahren!«

Reinhardt drückte die Pausetaste, setzte den Kopfhörer ab und zog aus der Innentasche seines Jacketts, das er über die Rückenlehne seines Schreibtischsessels gehängt hatte, ein silbernes Zigarettenetui mit eingraviertem Eisernen Kreuz. Was scherte ihn das Rauchverbot seines Vorgängers? Amüsiert zündete er sich seine Davidoff an, legte die Füße auf den Schreibtisch und dachte an seine Frau, diese exzentrische, ungeliebte Apothekerstochter. Seine Bestürzung war groß, als man ihm die Nachricht überbrachte, sie habe den Anschlag überlebt. Er hätte sich das anders gewünscht. Aber letztlich …

Er drückte die Kippe in der leeren Kaffeetasse aus, nahm seine Füße vom Schreibtisch, setzte die Kopfhörer wieder auf und ließ die Aufnahme weiterlaufen.

»Gehen wir einmal davon aus, dass die Grundlage dieser Erpressung allein der Brief an Krauss ist und keine anderen Hintergründe hat, die …«

»Das möchte ich Ihnen auch empfehlen, Oberstaatsanwalt Böttcher!«

»Doktor Reinhardt, ich habe ja Verständnis dafür, dass Sie Gründe hatten, ihre Erpressbarkeit nicht öffentlich werden zu lassen. Aber die weiteren Geschehnisse vom Sonnabend sind mit diesem Brief für mich nicht mehr erklärbar. Sie servieren Ihren Gästen nicht nur Grillwürstchen und Champagner, nein, auch einen der beiden transsexuellen Erpresser als ihre Stiefmutter. Und müssen danach seine nazistischen Äußerungen, die laut Hansen ein ziemliches Tohuwabohu auslösten, mit einer Demenzerkran-

kung der alten Dame erklären. Sie lassen auf dem Stadtfest alles,
was nur im Geringsten an Ihre Partei erinnert, abbauen und am
Sonntagmorgen – last, but not least – Eddy Schön als schwulen
Hitler in Ihrem Zelt tanzend und singend auftreten.«

»Ich glaub nicht, dass ich Ihnen das erklären muss, Böttcher!«

»Gut, dann erklären Sie mir wenigstens die beiden Motorrad-
fahrer, die von Ihrem Grundstück aus den Wagen des Bischofs
eskortierten, in dem auch Ihre angebliche *Stiefmutter saß.«*

»Ich weiß von keinem Motorrad.«

»Der Bischof hat es heute Morgen den Leipziger Kollegen be-
stätigt!«

»Möglich, dass da ein Motorrad gewesen ist!«

»Doktor, der Stiefmutterdarsteller war einer von Ihren Erpres-
sern und der Neffe von Oberkommissar Kröger. Beide, Kröger und
sein Neffe, wurden am Samstagabend mit ziemlicher Sicherheit von
diesen Motorradfahrern in Leipzig getötet.«

Für Sekunden Straßengeräusche.

»Und Sie glauben jetzt tatsächlich, ich hätte diesen Krauss,
zusammen mit meiner Frau in die Luft gesprengt und Ihren
Oberkommissar und seinen Neffen ermorden lassen? Das kann
doch nicht wirklich Ihr Ernst sein, Böttcher!« Lachen! *»Auf-*
tragsmorde wegen einer solchen Quisquilie? Sie müssen völlig
wahnsinnig sein!«

»Doktor Reinhardt, nach unserem Ermittlungsstand basiert
Ihre Erpressbarkeit nicht allein auf diesem Brief, sondern ...«

»Ermittlungsstand? Sie ermitteln gegen mich? Gegen einen
Abgeordneten des ...«

Telefonläuten! Schritte, wieder Läuten. Das Telefon
wird abgenommen.

»Inge, nicht jetzt ... Gut, dann stellen Sie durch! – Für Sie,
Doktor Reinhardt«

Schritte.

»Reinhardt! – Ja, ich komme.«

Wieder Straßengeräusche. Der Telefonhörer wird
aufgelegt. Schritte. Türöffnen.

»Sie hören von meinen Anwälten! Und jetzt lassen Sie mich
bitte meine soeben verstorbene Frau beweinen!«

***

Reinhardts Virtuosität in mittelbarer Indiskretion hatte auch
in Böttchers Büro Erfolg. Bei vertraulichen Gesprächen,
die öffentlich werden sollten, zog Reinhardt stets zwischen
Tür und Angel ein kurzes Fazit über das Wesentliche eines
Gesprächs. In den Vorzimmern der Entscheidungsträger
gab es immer eine Sekretärin, die sich in der Mittagszeit mit
ihrer liebsten Kollegin zum Unter-uns-Gespräch traf. Und
was vormittags anvertraut, waberte über den Nachmittag
hinweg wie ein Gerücht durch die Sekretariate und Telefon-
leitungen seiner Bestimmung entgegen. Oder erreichte
abends bei einem Tête-à-Tête sein Ziel.

Er legte den Kopfhörer auf die Anlage, entnahm ihr die
CD und legte sie zurück in die Hülle.

Und jetzt lassen Sie mich bitte meine soeben verstorbene Frau
beweinen!

43

Dieser schlichte Satz, von Reinhardt zwischen Tür und Angel wiederholt, hatte bei den Sachsen trotz einiger Ressentiments ihm gegenüber große Anteilnahme ausgelöst. Der aufsehenerregende Tod seiner Frau, von der Boulevardpresse auf die Seite eins gehoben, die Trauerrede des Bischofs, vom MDR ausschnittweise übertragen, sein dramatischer Zusammenbruch am Grab von Freya Reinhardt waren lange Zeit mitempfindendes Gesprächsthema in Sachsen und hatten seiner Partei bei der Landtagswahl einen beachtlichen Stimmengewinn eingebracht. Auch Mamsell Erikas hysterischen Lachanfall, als der Bischof in seiner Trauerrede von der großen romantischen Liebe zwischen ihm und Freya sprach, habe er der Presse explizieren können: »Das, was ich bei meiner Haushälterin als hingebungsvollen Eifer für unsere Politik gewertet habe, ist wohl mehr als nur politische Passion gewesen.« Reinhardt musste lächeln. Sogar die Sucht seiner Frau hatte ihm geholfen. Mit Freyas Alkoholproblemen hatte er der Journaille ihren Besuch in der *Bar der Widernatürlichkeiten* erklären können.

Er sah sich die CD und das Cover noch einmal mit Interesse an. Aufs Neue wunderte er sich, mit welcher Professionalität das Ganze hergestellt worden war. Warum hatte jemand solch einen Aufwand betrieben, und das alles nur für eine einzige Pressung, wie Reinhardt vermutete. Etwas unprätentiöser aufgemacht hätte der Inhalt sicherlich die gleiche Wirkung gezeigt. Natürlich hatte er Nachforschungen anstellen lassen. Die hatten jedoch nicht viel ergeben. Die ganze Aufmachung wies zwar auf ein argentinisches Independent-Label, das für den europäischen Markt Tangomusik produzierte, aber sicher könne man da nicht sein, ließ die beauftragte Detektei verlauten. Das Lable habe zwar mit dem gleichen Wagner-Cover ›Tannhäuser‹ für den südamerikanischen Markt produziert, aber das sei Anfang der Achtzigerjahre gewesen.

5. Kapitel

November 1997
Der Anfang vom Ende

Freitag, der 28. November 1997. In Sachsen bereiteten sich die Bürger auf das erste Adventswochenende vor. Die Illuminationen, die Auslagen der Geschäfte dekoriert mit dem Kind in der Krippe und allerlei festlichem Firlefanz sollte für adventliche Gestimmtheit sorgen. Doch das Jubeln und Frohlocken in der Zeit der Vorbereitung auf die Ankunft des Herrn war den Sachsen in diesem Jahr gründlich vergangen. Auf den Dresdner Weihnachtsmärkten, in den letzten Jahren sichere Anlaufstelle zur alkoholisierten Glückseligkeit, wollte in diesem Jahr keine rechte Weihnachtsstimmung aufkommen. Desillusioniert aß man seinen Broiler oder trank seine Feuerzangenbowle, ein Glühbier oder roten Punsch. Nicht einmal in den misslichsten DDR-Zeiten hatte die Dresdner Kreuzkirche am Striezelmarkt so wenig weihnachtliches Pläsier gesehen wie in diesem Jahr. Auslöser dieser sächsischen Depression war Sachsens Staatsminister des Inneren und Parteivorsitzender des FNB, Dr. Martin Reinhardt.

***

Ministerpräsidentin Dr. Ilona Arnold, die sich zur Jahreshauptversammlung der Arbeitsgemeinschaft europäischer Grenzregionen in Warschau aufhielt, erfuhr erst durch ihren Freund, dem Stadtpräsidenten von Warschau, von der unerhörten Rede, die Reinhardt im Bundestag gehalten hatte. Kurz vor dem Besuch der beiden in der Warschauer Nationalphilharmonie – das MDR Sinfonieorchester gab dort ein Adventskonzert – wurde ihr ein Anruf des Stadtpräsidenten durchgestellt.

»Szymon?«

»Ilona, es tut mir wahnsinnig leid, ich muss unseren gemeinsamen Besuch in der Philharmonie absagen.«

»Was ist passiert?«

»Unser Außenministerium ist der Meinung, es sei im Augenblick politisch unklug, mit der sächsischen Ministerpräsidentin eine offizielle Veranstaltung zu besuchen.«

»Außenministerium? Szymon, was wird das hier?«

»Die Rede deines Innenministers vor zwei Stunden im Deutschen Bundestag ...«

»Was ist mit der Rede? Sie war von mir justifiziert!«

»Unmöglich!«

»Bitte, Szymon, was ist los?«

In dem Moment hörte der Stadtpräsident ein lautes Klopfen, danach fragte eine erregte Männerstimme: »Wo ist die Fernbedienung?« Anschließend ertönten im Hintergrund, aber deutlich hörbar die Nachrichten eines deutschen Fernsehsenders, und ein paar Minuten später die Wut der Ministerpräsidentin. »Warum weiß ich davon nichts! Dieses verdammte Arschloch! Ich brauche die vollständige Rede, bevor der Medienrummel hier losgeht. Klaus, holen Sie mir Rainer und von Holbein!« Dann wurde ihre Stimme wieder deutlich und klar, als sie fragte: »Szymon, bist du noch dran?«

»Natürlich«

»Entschuldige, ich hatte nicht die geringste Ahnung, was da in Bonn passiert ist! Wann hast du davon erfahren?«

»Vor einer Stunde. Eine Staatssekretärin im Außenministerium hat mich angerufen. Der Außenminister bat mich, von unserem gemeinsamen Besuch in der Nationalphilharmonie abzusehen. Da mir ihre Argumentation dafür aber ein bisschen zu schwach erschien, habe ich mir einen Mitschnitt von der heutigen Plenarsitzung eures Bundestages von TVP Warszawa bringen lassen.«

»Und?«

»Erfreulich ist das Ganze nicht, Ilona.«

»Das nehme ich auch nicht an! In Bezug auf Reinhardt ist eine Natter geradezu harmlos!«

»Ich mache dir einen Vorschlag. Du kommst zu uns. Ein Glas Wein wird dir gut tun. Sylwia macht ein paar Happen … Happen sagt man doch bei euch? Du kannst dir dann die Aufzeichnung selbst ansehen. Ich schicke dir Alicja.«

»Was sagen wir der Presse?«

»Spielen wir doch eine Partie Politik.«

»Also, taktisch geschickter Umgang mit der Wahrheit?«

»Ja, so ungefähr«, sagte er mit einem Lachen in der Stimme!

***

Was die Ministerpräsidentin im vertraulichen Kreis immer wieder angedroht hatte: »Reinhardt schmeiß ich raus, und die Gundermann gleich mit!«, war für sie nach den Neunzehn-Uhr-Nachrichten des ZDF zum festen Entschluss geworden. Allein die Anordnung ihrer Staatsministerin für Landesentwicklung und Verkehr, Dr. Hiltrud Gundermann, hätte einen Rauswurf beider gerechtfertigt. In Zusammenarbeit mit ihrem Parteifreund, Staatsminister des Inneren Dr. Martin Reinhardt, hatte Gundermann ihre Bauaufsichtsbehörden angewiesen, alle Versammlungs- und Bethäuser nichtchristlicher Konfessionen baupolizeilich überprüfen zu lassen, in jedem Fall Mängel festzustellen und die Einrichtungen für nicht benutzbar zu erklären.

Nur weil ein Rabbiner die Absicht der Ministerin durchschaute, bei der Ministerpräsidentin sein Veto einlegte und sich auf den Artikel vier des Grundgesetzes berief, erfuhr sie von dieser Anordnung und konnte so mit der Aufhebung dieses Erlasses einen bundesweiten Skandal verhindern.

Sie ging an die kleine Bar, die ihr das Hotel für vertrauliche Gespräche mit europäischen Kolleginnen und Kollegen eingerichtet hatte, zündete sich eine Zigarette an und schenkte sich ein halbes Glas Rotwein ein. Wenige Minuten später erschienen die Herren, die sie durch Klaus von Luckwitz, ihrem Staatssekretär, zu sich hatte bitten lassen.

»Herr Staatssekretär Holbein, nehmen Sie bitte Platz. Rainer, was ist mit der Presse?«

»MDR, Tagesschau, TV Polonia, WELT, Süddeutsche, ein paar polnische Presseleute und Maier von der Sächsischen Zeitung sitzen in der Lobby.«

»Und sind wahrscheinlich besser informiert als ich! Also gut, ich möchte jetzt weder über die Bundestagsrede von Doktor Reinhardt, die ich nur ausschnittweise kenne, noch über den Mangel an Information mit Ihnen sprechen. Nur so viel: Sie, Rainer, erklären den Journalisten die Konzertabsage mit einer Unpässlichkeit des Stadtpräsidenten. Ich sei auf dem Wege zu ihm. Und zu Reinhardts Faselei das Übliche: keine Stellungnahme zu innerdeutschen Angelegenheiten im Ausland. Pressekonferenz morgen vierzehn Uhr in der Staatskanzlei. Ich bitte die Damen und Herren von der Presse um Verständnis und so weiter und so weiter.«

Der Regierungssprecher erhob sich.

»Moment noch, Rainer! Wenn Sie etwas trinken möchten, bitte bedienen Sie sich.«

Staatssekretär von Holbein erhob sich ebenfalls und ging an die Bar.

»Ich habe nicht Sie gemeint, Herr Staatssekretär.«

Erstaunt drehte er sich zur Ministerpräsidentin um, die in einem ungewohnt scharfen Ton fortfuhr. »Bitte, informieren Sie Ihren Minister, dass ich ihn morgen um zehn Uhr in der Staatskanzlei sprechen möchte. – Danke, Staatssekretär von Holbein.«

Indigniert verabschiedete sich von Holbein.

»Das verzeiht er Ihnen nie!«

»Muss er auch nicht, Rainer! Ich werde morgen mit ziemlicher Sicherheit seinen Chef und die Gundermann rauswerfen. Und ich erwarte, dass er mitgeht!«

»Sie riskieren damit den Bruch der Koalition!«

»Das ist mir bewusst!« Sie nippte an ihrem Wein. »Ich bin nicht neu in diesem Geschäft!«

»Für den Kanzler ist Sachsens Stimme obligat! Wenn Sie die Koalition platzen lassen, ist die konservative Ländermehrheit im Bundesrat Vergangenheit und Sie, verehrte Ilona, sind für den Kanzler und die Partei eine tote Leiche. Toter geht es gar nicht! Was glauben Sie wohl, warum man Sie noch nicht informiert hat?«

»Und: Warum?«

»Weil man in Bonn als Erstes nach einem Weg sucht, die sächsische Koalition zu retten, mit Ihnen oder ohne Sie.«

»Und wie soll dieser Weg Ihrer Meinung nach aussehen?«

»Man wird Ihnen die Pistole auf die Brust setzen, Ilona. Entweder Sie tragen die Entscheidung des Kanzlers und Parteivorsitzenden mit oder man wird Sie bitten, aus *Gesundheitsgründen* Ihr Amt zur Verfügung zu stellen, um einen Willfährigen auf Ihren Stuhl zu hieven. Für den Kanzler, Ilona, zählen nicht Sie oder Ihre Befindlichkeiten, für ihn zählt auch nicht Reinhardts völkisches Gequatsche. Für diesen Mann zählt einzig und allein die Stimme Sachsens, die Mehrheit im Bundesrat. Mehr nicht!«

Sie ging zum Fenster und sah einige Zeit auf das beleuchtete Warschau. Nachdenklich wandte sie sich ihrem Regierungssprecher zu. »Ich danke Ihnen für Ihre Offenheit. Ich hätte mich nie auf eine Koalition mit dem FNB einlassen dürfen. Aber auch *diese* Generation von Politikern wird eines Tages ihr Handeln und ihre Worte zu bereuen haben.«

Ein zögerliches Klopfen unterbrach das Schweigen. Sie ging zur Tür, hielt inne und sah ihren Regierungssprecher an. »Offensichtlich bin ich einmal zu viel mit dem Krug zum Brunnen gegangen.«

Sie öffnete die Tür.

»Entschuldigen Sie, Frau Ministerpräsidentin, Ihre Wagen steht bereit!«

»Danke, Direktor Piecek. – Rainer, Sie kümmern sich bitte um die Journalisten. Und geben sie der Meute als Ersatz für entgangene Berichterstattung einen Wein oder ein Bier aus. Das nimmt dem Ganzen ein bisschen an Bedeutsamkeit. Kommen Sie, Klaus, auf uns wartet das Medienspektakel von morgen.«

***

Auf der Anrichte lag ein Teakholzbrett, auf dem Wurst, Käse, Weintrauben und Erdbeeren besonders einladend angeordnet waren. Daneben stand ein aus Silberdraht geflochtener Brotkorb mit verschiedenen Brotsorten. Und im kristallenen Dekanter ein bulgarischer Rotwein, für den auch sie eine Schwäche hatte. Auch das antike Butterfass, das Ilona Arnold vor Jahren als Geschenk aus der DDR mitgebracht hatte, fehlte nicht. Sylwia, die Haushälterin des Stadtpräsidenten, hatte sich einige Mühe gemacht, alles so herzurichten, wie zu jener Zeit, als Ilona Arnold mit Szymon Rudzinski vor diesem Kamin gesessen und über Jaruzelski, Solidarność und die Veränderungen in Polen diskutiert hatte. Die Haushälterin war der Überzeugung, dass *die Deutsche* nicht nur eine Studienfreundin von Rudzinski war – vor allem nach einem Urlaub, den Ilona und Szymon am Strand von Grzybowo in den Achtzigern zusammen verbracht hatten.

Die innige Begrüßung schien Sylwias Vermutung einmal mehr zu bestätigen.

***

›(BT 28.11.1997/16:30/Reinhardt)‹, las sie auf der Kassette, die Szymon in den Videorekorder einlegte.

»Das Wort hat der sächsische Staatsminister des Inneren, Doktor Reinhardt.«

»Frau Präsidentin, meine Damen und Herren! Die Bildung eines Europas der selbstbestimmten Völker und Vaterländer ist die einzige Option für die Zukunft! Für uns, den Freien Nationalen Bund, hat der sukzessive Austritt aus diesem Europa Erst-

rangigkeit. Ein nationalstaatliches Ordnungsprinzip, das Bekenntnis zum abendländischen Erbe und das Prinzip der Volkszugehörigkeit soll die Grundlage einer Neuordnung Europas werden …«

»Herr Staatsminister Doktor Reinhardt!«

»Frau Präsidentin?«

»Unser Thema sind die Ernteschäden. Europa ist in der nächsten Woche dran!«

Heiterkeit.

»Frau Präsidentin, meine Damen und Herren, ich bin in der Tat der Ansicht, dass Europa in eine solche Debatte mit einbezogen werden sollte. Allein die Milliarden, die von Deutschland in die EU fließen und dem deutschen Volksvermögen verloren gehen, sind nicht zu verantworten. Beweisen Sie Mut, Herr Bundeskanzler! Steigen Sie aus! Verlassen sie die Europäische Union! Die Volksgemeinschaft wird es Ihnen danken!«

Zwischenrufe.

Reinhardt wurde lauter.

»Meine Damen und Herren, nun hören Sie mir doch bitte erst einmal zu! – Mit dem Geld, das uns die Europäische Union kostet, mit dem Geld, das dieses Land für fremdvölkische Arbeitslose und Scheinasylanten ausgibt, könnten wir eine beitragsfreie nationale Volksgesundheitskasse finanzieren. Und das, meine Damen und Herren, würde nicht nur dem einzelnen Bürger zugutekommen, sondern auch der deutschen Wirtschaft und unserem Landvolk. Also, stoppen Sie die Ausbeutung unserer Sozialsysteme! Schicken Sie die in Deutschland lebenden Ausländer zurück in ihre Heimatländer. Und: Geben Sie der deutschen Rasse endlich die Chance, wieder zu gesunden!«

Der Bundestag tobte.

»Frau Präsidentin, sorgen Sie bitte dafür, dass ich meine Wortmeldung zu Ende bringen kann!«

»Meine Damen und Herren Abgeordnete, ich bitte Sie um Ruhe!«

»Danke, Frau Präsidentin! – Meine Damen und Herren, werden Sie doch nicht unflätig! Machen Sie doch bitte nicht ihre Unwissenheit über Rassenhygiene an meiner Person, an meiner Partei fest. Auch wenn Sie sich jetzt von ihren gut dotierten Sitzgelegenheiten erheben und den Saal verlassen, das ändert doch gar nichts an der Tatsache, dass England, die USA und Skandinavien es waren, die 1890 die Entwicklung der Rassentheorien gefördert und Fortpflanzungsverbote und Zwangssterilisationen sogenannter Minderwertiger auf den Weg gebracht haben und nicht, wie Sie hier rumbrüllen, die Nazis oder Faschisten! In den 1920er-Jahren galt die Eugenik als eine der innovativsten Wissenschaften und wurde fast überall auch staatlich unterstützt und ...«

»Doktor Reinhardt, Ihre Redezeit ist beendet!«

»Meine Damen und Herren, wenn Sie Ihre Ohren für Tatsachen verschließen wollen, dann richte ich mein Wort an das deutsche Volk draußen an den Volksempfängern ...«

»Hiermit entziehe ich Ihnen das Wort, Doktor Reinhardt!«

»Auch wenn Sie mir das Wort entziehen, Frau Präsidentin, korrigiert das doch nicht die Wahrheit und wir ...«

»Verlassen Sie bitte das Rednerpult, Doktor Reinhardt!«

Das Mikrofon wurde abgeschaltet.

6. Kapitel

12. Dezember 1997

Die Entlassung

Passend zur Stimmung der Abgeordneten zogen dunkle Wolken an den Fenstern des Landtagsgebäudes vorüber. Die Lage an diesem 12. Dezember 1997 war im Parlament äußerst angespannt. Gitter zogen sich um das Gebäude des sächsischen Landtags, die den vormittäglichen Aufmarsch von Anhängern des FNB und dessen militante Rechte eingrenzen sollten. Weder Spaziergänger noch die üblichen Politikerkarossen waren zu sehen. Nur bewaffnete Polizei.

Obwohl der FNB nach Reinhardts Entlassung einen moderaten Parteigenossen als neuen Staatsminister des Inneren stellte, war die Koalition von CSP und FNB nicht mehr zu halten. Die selbstbestimmte Ministerpräsidentin und die Entlassung von Dr. Martin Reinhardt und Hiltrud Gundermann waren der Grund dafür, dass die Abgeordneten des FNB geschlossen gegen den mit der CSP vereinbarten Haushalt 1998 votierten. Die Ministerpräsidentin verlor ihre Regierungsmehrheit.

Um beiden Fraktionen Gelegenheit zu geben, sich zu beraten, ordnete der Landtagspräsident, nach dem Verkünden des Abstimmungsergebnisses, eine dreistündige Pause an, die der Chef der Staatskanzlei Dr. Hilmar Lange nutzte, um den Parteivorsitzenden des FNB Dr.

56

Reinhardt in sein Amtszimmer zu bitten. Im Beisein der Ministerpräsidentin teilte er ihm mit, dass diese die Vertrauensfrage stellen würde.

»Meine Fraktion wird Ihnen das Vertrauen aussprechen. Wir werden uns nicht um unsere Regierungsverantwortung drücken«, war Reinhardts zynische Antwort.

»Und warum dann dieser Mist mit dem Haushalt?«, fuhr ihn die Ministerpräsidentin an.

»Damit Sie endlich kapieren, Frau Doktor Arnold, dass der FNB nicht der Appendix ihrer CSP ist.«

Reinhardt hatte die Befindlichkeiten der CSP gründlich unterschätzt. Angespannt hörte er sich das Abstimmungsergebnis an. Was für ihn unmöglich erschien, war nun eingetreten. Die Abgeordneten der Christlich Sozialen Partei hatten ihrer Ministerpräsidentin das Vertrauen entzogen. Diese stand nun ohne Mehrheit da. Der Landtag wurde aufgelöst und mit Zustimmung der Opposition waren Neuwahlen für den 15. März 1998 angesetzt worden.

Angesichts der letzten Vorkommnisse, so sagte sie, habe sie keine andere Alternative gesehen. Gebraucht werde eine handlungsfähige Landesregierung mit einem Koalitionspartner, auf den man sich verlassen könne. ›Reinhardts undemokratisches Verhalten, seine Winkelzüge und Hintertürchen haben immer wieder zu Konflikten in ihrer eigenen Partei geführt! Eine Partei, wie sie der FNB ist, gehöre einfach nicht ins Parlament‹, sagte Arnold der Sächsischen Zeitung. Reinhardt konterte im gleichen

Blatt: ›Meine Fraktion wird noch im sächsischen Parlament für die deutsche Volksgemeinschaft kämpfen, wenn Frau Ministerpräsidentin Doktor Arnold im Heim für pflegebedürftige Politiker ihr Süppchen schlürft.‹

***

›Bei Machtverlust neigt man zu Fehleinschätzungen‹, kommentierte Hans Marvin, FNB-Chef in Reinland-Pfalz, das Statement seines Parteivorsitzenden in der Sächsischen Zeitung und eröffnete damit den Machtkampf um den braunen Königsstuhl. Die Partei ging auf Distanz zu Reinhardt. *Parteifreunde*, die jahrelang seine Geringschätzung und Arroganz hinnehmen mussten, stießen ihn auf dem Bundesparteitag 1998 vom Postament. Es kam zu einer Kampfabstimmung, die Reinhardt verlor. Hans Marvin, der von Reinhardt verhöhnte Parteireformer, wurde die neue Führungskraft des FNB.

»Der Freie Nationale Bund ist nach diesem Urnengang nicht mehr Hort starrköpfiger Unverbesserlichkeit. Ungefilterte Nostalgiepflege kommt in meinem Konzept nicht vor.« Die rechte Hand lässig in der Hosentasche, lächelte Marvin in die Kameras der ›Rheinschau‹. »Mit mir an der Spitze erfährt die Partei eine grundlegende, in die Zukunft gerichtete Erneuerung.«

Woraufhin Reinhardt ihm – in der gleichen Sendung – maliziös entgegenhielt: »Jede Dummheit findet einen, der sie begeht!«

Dr. Martin Reinhardt hatte nicht nur sein Ministeramt verloren, auch ein Parteiausschlussverfahren nicht überstanden und den Vorsitz im Heimatverein Liederkranz e. V. abgeben müssen. Von den Medien kaum noch beachtet, lebte er ein geruhsames, aber nicht unpolitisches Leben. Er reiste viel. Die Apotheke seiner Frau hatte er nach ihrem Tod verpachtet und seine Anwaltskanzlei nicht wieder eröffnet. Er flog einige Male im Jahr zu *Konferenzen* nach Buenos Aires, pflegte seine Rosen und fuhr mehrfach in der Woche mit Blondi, seiner Schäferhündin, in die umliegenden Wälder. Hier konnte er bei ausgiebigen Spaziergängen unter hohen Tannen die Maxime seiner neuen vaterländischen Partei in Ruhe bedenken.

Der FNB lag bei den Landtagswahlen am 15. März 1998 bei fünf Prozent und schaffte knapp den Einzug in den sächsischen Landtag. Ministerpräsidentin Arnold war nicht wieder angetreten. Sie empfand die Koalitionsaussage ihrer Partei zugunsten der Sozialisten als *schamlos*, die neue *soziale Gerechtigkeit* der CSP als taktisch und verlogen – und den von dem zukünftigen Koalitionspartner der CSP proklamierten *Reichtum für alle* als Volksverarschung.

Die *unglückselige Gasexplosion,* wie man den Anschlag auf Eddys Café seit 1995 bezeichnete, wurde als selbst verschuldet ad acta gelegt und die Ruine der ausgebrannten Bar beseitigt. Das Gelände war der Stadt zugefallen, weil kein Anspruch auf das Erbe geltend gemacht wurde. Die Stadt hatte zwar nach Hinterbliebenen forschen lassen, doch war die Suche – absichtlich, so wurde gemunkelt – erfolglos geblieben. Auf dem Gelände wurde ein Kindergarten gebaut, der sich eine Klage wegen schädlicher Umwelteinwirkung durch Kinderlärm von benachbarten Anwohnern gefallen lassen musste.

Dr. Rolf Böttcher hatte seiner Abneigung gegenüber Dr. Reinhardt nachgegeben und das Amt des Oberstaatsanwalts niedergelegt, als Reinhardt sächsischer Innenminister wurde. Er war an die Förde zurückgekehrt und als Partner in eine Kieler Rechtsanwälte-Partnergesellschaft eingetreten.

Dr. Eva Wohlert-Neuss hatte ihr Elternhaus verkauft und war zurück nach Berlin gegangen. Sie hatte sich dort mehrerer Gesichtsoperationen unterzogen und übersiedelte schließlich zu Freunden nach Kolumbien.

Ich hatte 1996 meinen Dienst quittiert und in Hamburg eine Firma für Objektschutz übernommen.

7. Kapitel

13. Mai 1999, 23:56 Uhr.

Das Versehen

Holger Holthoff, Chefmoderator von ›Klassik 3‹ sah auf die Studiouhr. Noch vier Minuten und seine Sendung ›Mit Kuschelklassik in die Nacht‹ war abgehakt. Holthoff zog die Musik runter, verabschiedete sich charmant von seinen Hörern, regelte die Musik wieder hoch und gab – mit erhobenem Zeigefinger – seinen Platz frei für die letzten Nachrichten des Tages.

Holthoff, Liebling seiner weiblichen Hörerschaft, attraktiv, aber auch extravagant, pflegte einen Modestil, der ihn aussehen ließ wie aus der Zeit gefallen. Seine Sekretärin nannte den Look, wenn seine Verehrerinnen danach fragten: *verloren in der amerikanischen Radio-Zeit*. Er interpretierte und präsentierte hervorragend die klassische Musik bei ›Klassik 3‹. Jedoch eine besondere Passion für klassische Musik hatte er nicht. Er bewunderte Frank Sinatra und Dean Martin, liebte den Jazz aus der ersten Hälfte des zwanzigsten Jahrhunderts. Und nun wartete er bei ›Klassik 3‹ auf seinen Sprung zu einem der großen Fernsehsender.

Gesegnet mit einer ausgeprägten Libido, ließ Holthoff das unmissverständliche Interesse einiger Hörerinnen nicht unbefriedigt. Besaß sie annähernd sein Niveau, war ein One-Night-Stand obligatorisch. Wenn nicht, gab es in einer Bar einen oder zwei Drinks für die Damen, ein Küsschen zum Abschied und eine von ihm bezahlte Taxe. Liebe war für ihn überflüssig und lästig. Ihm genügten die Blind Dates.

Holthoff wusste, dass er heute Abend eine gute Sendung hingelegt hatte. Derart beschwingt und mit sich zufrieden mochte er die Nacht nicht alleine verbringen. Doch heute brauchte er etwas Besonderes, einen Kick. Kein telefonisch vereinbartes Date, sondern eine Verabredung über den Sender. Ein bestimmter Musikwunsch, gesendet nach den 24:00-Uhr-Nachrichten, sollte ihm die Tür zu einer Nacht öffnen, die alles versprach. Eine CD, ein beigelegtes unmissverständliches Foto mit einem eindeutigen Text auf der Rückseite, wurde vor einigen Tagen in einem Umschlag bei seiner Sekretärin abgegeben. Auf dem Foto: eine junge Frau, hocherotisch fotografiert, aber nicht ordinär. Der Text: eindeutig, aber nicht schlüpfrig. Beides gefiel ihm. Gespannt auf das, was ihn heute Nacht erwarten würde, ging er in sein Büro, öffnete seine private Schreibtischschublade, nahm die offenbar von der Absenderin gebrannte CD aus ihrer Hülle, las den mit Hand geschriebenen Titel und suchte nach ihm im digitalen Musikarchiv des Senders. Ohne Erfolg. Er rief in der Aufnahmeleitung an und bat um Hilfe.

»Werbegift, mein lieber Holthoff, nicht im Archiv! So etwas überfordert unsere Hörer und lässt sie abschalten, meint der Alte. Der Chef hätte es am liebsten, dass wir Flotows ›Letzte Rose‹ rauf und runter dudeln. Viele Hörer, hohe Werbeeinnahmen – verstehste?«

Holthoff verstand. Es kam immer wieder vor, dass er aus diesem Grund Hörerwünsche nicht erfüllen konnte.

»Tut mir leid, Holthoff. – Iss noch wat? – Nee? Na, dann geh ich ma, Justus macht weiter. Jute Nacht!«

Holger Holthoff legte den Gabardinemantel à la mode de Humphrey Bogart über seinen Arm, nahm die geliebte Aktentasche aus der Zeit der ›Großen Depression‹ und ging zurück ins Studio. Als er es betrat, war Justus Helmke mit den Nachrichten und dem Wetter fertig und ließ den musikalischen Nachrichtenabspann laufen. Holthoff gab ihm die CD und bat ihn, ehe er auf das Nachtprogramm umschaltete, die Musik *on air* zu schicken. Justus Helmke betätigte ein paar Knöpfe und spielte die CD ein. Ohne reingehört zu haben, legte er den Kopfhörer beiseite, während Holthoff ihm schon zuwinkte und gehen wollte. »Moment, Holger!«

Holthoff blieb stehen und drehte sich zu ihm um.

»Auf eine Zigarette. Wir müssen noch über eine Programmänderung von morgen sprechen.«

***

Zur gleichen Zeit, als die beiden Moderatoren von ›Klassik 3‹ vor dem gläsernen Studio des kleinen Senders ihre Zigarette rauchten, sagte Dr. Martin Reinhardt zu seinem Sekretär Jochen Marquardt: »Es ist spät geworden«, diktierte ihm noch zwei seiner Gedanken zum Parteiprogramm in den Stenoblock und öffnete eine Flasche Rotwein.

Bei seiner zweiten Landespressekonferenz 1996 war Jochen Marquardt dem sächsischen Innenminister aufgefallen. Er war der einzige junge Journalist, der noch in Kurzschrift notierte. Nicht nur der antiquierte Stil gefiel dem Minister an Marquardt, auch sein Nachhaken, wenn Reinhardt auf präzise Fragen der Journaille schwammige Antworten gab. Reinhardt, der die Landespressekonferenzen als notwendiges Übel ansah, die Journalisten als *linke Kleckser* bezeichnete, antwortete auf eine Nachfrage von Marquardt zum ersten Mal nicht über den Kopf eines Journalisten hinweg, sondern er sah Marquardt direkt an. Und was er sah, gefiel ihm. Blond, blauäugig, nordisch und sehr gut aussehend. Dazu offenkundig intelligent. Zum Erstaunen der Anwesenden interessierte sich Reinhardt für Marquardts Namen und den Namen der Zeitung, für die er akkreditiert war. Etwas gehemmt beantwortete der junge Mann Reinhardts Fragen und war erstaunt, dass dieser ihn charmant zu einem kurzen Gespräch nach der Pressekonferenz bat.

»Marquardt, deine Akkreditierung ist im Arsch! Auf dem Weg in den Papierkorb!«, ließ Traute Beermann, Vorsitzende der Landespressekonferenz, daraufhin schroff verlauten. Verständnislos schüttelte sie den Kopf über ihren Kollegen. »Du weißt doch, er hasst diese penetrante Nachfragerei. Aber nun lass den Kopf nicht hängen, ich will mal sehen, was da noch zu machen ist!« Sagte es, rauschte ab und verpasste somit, wie Reinhardts Arm freundschaftlich die Schultern von Jochen Marquardt umfasste.

Auf Reinhardts Wunsch, den er in dem anschließenden Gespräch äußerte, faxte Marquardt einige seiner Artikel an das Büro des Ministers. Reinhardt las sie und war von Marquardts antieuropäischen Gedanken auf das Äußerste angetan. Maßgeblich für Reinhardts Entscheidung war jedoch Marquardts Aufsatz über das Ausländergesetz. Nach einem gemütlichen Abend in Reinhardts Stammkneipe wenige Tage darauf hatte der Staatsminister des Inneren nicht nur einen neuen Pressesprecher, sondern auch einen *Freund*. Das erstaunte nicht nur Ministerpräsidentin Arnold, sondern entrüstete auch die Deutsche Bischofskonferenz heftig. Marquardts Artikel, ›Mutter Teresa – der eiskalte Engel‹, war im Vatikan nicht gut angekommen. Die Forschung, so hatte der junge Journalist in seinem Artikel dargestellt, sei der Meinung, dass der Ruf Teresas als uneigennützige Retterin der Armen nicht den überprüfbaren Realitäten entspreche. Ihr langjähriges Image sei somit nichts weiter als die Folge einer bewusst gesteuerten Öffentlichkeitskampagne der katholischen Kirche.

»Geschmiere«, donnerte der Prälat seiner Heiligkeit, denn dem Heiligen Vater lag eine Seligsprechung Teresas sehr am Herzen. Beide Kirchen, in Gestalt des katholischen Prälaten und des evangelischen Bischofs, verkehrten hiernach nicht mehr in der Villa Reinhardt. Der Prälat aus verständlichem Grund, der Bischof wegen einer durch Fettleibigkeit verursachten Herzerkrankung.

Nach der *Demission*, wie Reinhardt seine Entlassung aus dem Ministeramt nannte, hatte er Marquardt gebeten, auch weiterhin für ihn zu arbeiten und ihm dabei zu helfen, seine neue Anti-Europa-Partei aufzubauen.

Reinhardts Frage: »Du bleibst doch heute über Nacht?«, beantwortete Jochen Marquardt mit einem flüchtigen »Jaja«. Er war noch zu sehr mit dem beschäftigt, was Reinhardt ihm diktiert hatte. Sah danach von seinem Stenoblock hoch und Reinhardt an. »Interessanter Gedanke, Martin.«

Reinhardt lächelte, nahm zwei aus alter Zeit stammende Rotweingläser aus der Glasvitrine und schenkte seinem Freund und sich ein. In dem Moment, als beide anstießen, läutete der hockende Hund, eine Ikone deutschen Telefondesigns. Der vom Vater ererbte Apparat versah noch heute in Reinhardts Bibliothek, als Zweitanschluss, dekorativ seinen Dienst.

»Unverschämt!«, meinte Reinhardt ungehalten, nahm das Gespräch aber trotz der späten Stunde an.

Sichtlich verärgert stellte er das Telefon wenig später mit einem Kopfschütteln zurück. »Huber vom ›Morgenblatt‹ scheint mal wieder angesäuselt zu sein. Empfiehlt er mir doch feixend, schnell mal ›Klassik 3‹ einzuschalten.«

Reinhardt nahm sein Glas Wein, holte die Fernbedienung und schaltete beiläufig den Radiosender ein.

Mit demselben Gesichtsausdruck, ungläubig und fassungslos, starrten beide sich an. Zehn Sekunden nur, dann wurde Reinhardt blass und ließ sein halb volles Glas Rotwein fallen. Es landete auf einer archaischen Teppichbrücke, die ein Jahr später an eine Witwe aus Wisconsin verkauft wurde. Das provinzielle Auktionshaus hatte der Teppichbrücke eine verkaufsfördernde Aura verpasst. Sie sei ein Unikat aus dem Führerbunker und der Fleck stamme von Erbrochenem des Führers *himself*. Er habe sich übergeben müssen, als ihm berichtet wurde, der Russe stände vor dem Führerbunker. Was natürlich schierer Unsinn war, doch die Amerikanerin aus Wisconsin war höchst entzückt über das Stück und kaufte es.

Reinhardt kümmerte sich weder um das Weinglas, das ihm aus der Hand gefallen war, noch um den Fleck, den der Inhalt hinterlassen hatte. Er schrie hysterisch: »Unfasslich!«, und stürmte in sein Büro. Der illegale Mitschnitt des längst vergessenen Gesprächs zwischen Reinhardt und Oberstaatsanwalt Böttcher, welcher ihm in Auerbachs Keller als Wagners ›Tannhäuser‹ auf den Geburtstagstisch gelegt worden war, lief live über den Sender ›Klassik 3‹.

»Rufen Sie sofort Anders an!« Reinhardt war derart aufgebracht, dass er Jochen Marquardt, der ihm gefolgt war, ungeachtet ihrer innigen Freundschaft siezte.

Albrecht Anders, Eigentümer des Senders, meldete sich verschlafen.

»Der Herr Staatsminister a. D. Doktor Martin …«, weiter kam Marquardt nicht.

Reinhardt riss ihm den Telefonhörer aus der Hand und brüllte los. »Was ist da bei deinem Scheißsender los?«

»Was?«, fragte Anders gähnend.

»Was, was! Weißt du, was da läuft?«, brüllte Reinhardt zurück.

»Brüll nicht so, Martin! Was soll da schon laufen. Das Nachtprogramm. Was sonst?«

»Ach nee! Klassik zum Träumen und Wohlfühlen, oder was? Na, dann erheb mal deinen Arsch und hör dir dein Nachtprogramm an! – Ich verspreche dir, mein Lieber, das hat Konsequenzen!«

Winzige Schweißtropfen hatten sich über Reinhardts Augenbrauen gebildet. Grußlos legte er den Hörer auf, setzte sich und stierte aus dem Fenster in die Dunkelheit. Je bewusster ihm seine Lage wurde, umso besorgter wurde er. Er kannte die Medien, sie würden recherchieren, enthüllen, aufdecken. Jeden Tag ein neues Detail, bis sie ganz bei der Wahrheit angekommen waren.

In diesem erregten Zustand beging Reinhardt einen Fehler, der seine Zukunft radikal verändern sollte. Er rief noch in der Nacht den ehemaligen sächsischen Oberstaatsanwalt Dr. Böttcher in Kiel an, mit dem er 1995 das auf ›Klassik 3‹ gesendete Gespräch geführt hatte.

Böttcher war entsetzt. Nicht darüber, dass ihr Gespräch über den Sender gelaufen war, sondern dass Reinhardt von dem Lauschangriff auf Böttchers Büro schon 1995 gewusst, dies aber nicht sofort zur Anzeige gebracht hatte. Böttcher befürchtete, dass Prozesse neu

verhandelt und Urteile kritisch hinterfragt werden mussten. In seinem damaligen Büro, das laut Reinhardt abgehört wurde, hatte er mit seinen Staatsanwälten vertrauliche Gespräche geführt, Sachverhalte und Beweise für die
Schuld oder Unschuld eines Angeklagten abgeklärt. Hätte die Verteidigung von diesen Gesprächen Kenntnis
gehabt ... er mochte sich das gar nicht vorstellen. Allein
die Möglichkeit reichte schon, um Fälle erneut aufwi-
ckeln zu müssen.

Böttcher war derart entsetzt und aufgebracht, dass er
am nächsten Morgen sofort das Landesjustizministerium
in Sachsen informierte. Eine halbe Stunde nach seinem
Anruf rief die sächsische Justizministerin zurück und bat
ihn, nach Dresden zu kommen.

Böttcher traf sich mit der Ministerin zum Essen und
informierte sie über die momentane Sachlage und die
von 1995.

Noch am Vormittag wurde in Leipzig die Staatsanwaltschaft aktiv. Staatsanwältin Rosenau und zwei Kriminal-
beamte, die den Sender ›Klassik 3‹ aufsuchten, befragten
Rainer Holthoff und Justus Helmke.

Die Staatsanwältin war zudem außerordentlich ver-
blüfft über die geringe Resonanz auf die nächtliche Veröffentlichung. Es hatte nur wenige Anrufe bei ›Klassik 3‹
gegeben. Und die, die angerufen haben, hatten sich ledig-
lich über den *langweiligen Quatsch* beschwert. Staatsanwältin Rosenau ließ sich das Corpus Delicti aushändigen

und von Anders erklären, warum auf die Ausstrahlung so wenig Hörer reagiert hatten.

»Sehen Sie, Frau Staatsanwältin, wir sind ein Feierabendsender. Ab acht Uhr bis sechzehn Uhr viel Musik, jede Stunde Nachrichten und ab und zu ein gekauftes Interview mit Stars aus der Klassikszene. Dazwischen ein bisschen Werbung. Von sechzehn bis neunzehn Uhr senden wir Holthoffs ›Der Nachmittagsgruß‹. Danach ist das Fernsehen dran, Heute, Tagesschau, Fernsehspiel oder Sport. Ab viertel vor zehn wird dann Fernsehen wieder uninteressant. Sie glauben gar nicht, Frau Staatsanwältin, für wie viele Menschen dann das Radio wieder attraktiv wird. Aus diesem Grund senden wir ab zweiundzwanzig Uhr bis Mitternacht noch einmal Holthoff. Sein ›Mit Kuschelklassik in die Nacht‹ und ›Der Nachmittagsgruß‹ sind die Werberenner. Ab Mitternacht wird unser Sender dann kaum noch gehört. Da läuft dann nur noch Musik bis morgens um acht als beruhigender Hintergrund. Ohne Werbung und Nachrichtenblocks. «

»Sie kennen ihre Hörer ziemlich gut.«

»Um Werbung lukrativ zu platzieren, muss man das.«

»Danke, Herr Anders.«

***

Der sächsische Generalstaatsanwalt Dr. Hans von Schönau und Rechtsanwalt Dr. Rolf Böttcher hatten sich ein zweites Mal die CD angehört.

»Das ist ja nicht zu fassen! Und Reinhardt weiß nicht, wie diese Kopie zustande gekommen ist?«

»Offenbar nicht, wie er mir am Telefon versicherte.«

»Und das Original, deklariert als Wagners ›Tannhäuser‹, hat er 1995, ein halbes Jahr vor den Landtagswahlen, auf seinem Geburtstagstisch vorgefunden?«

»So ist es, Hans.«

»Und dieses Original befindet sich im Besitz der ehemaligen LKA-Chefin und sächsischen Justizministerin a. D. Hillen?«

»Das behauptet er.«

»Unfassbar!«

»Ich habe ihn auch danach gefragt, warum er erst nach seiner Wahl zum Innenminister die Hillen informiert hat und nicht schon vor der Landtagswahl zu mir gekommen ist.«

»Und?«

»Er verstünde die Frage nicht. Die Gründe hierfür ergäben sich doch wohl aus dem Inhalt des aufgezeichneten Gesprächs.«

»Womit er so unrecht nicht hat. Es hätte einen Skandal gegeben, den er politisch nicht überlebt hätte. Hat Reinhardt eine Vermutung, wer ihm nach Jahren noch schaden will?«

»Er scheint genauso ratlos zu sein, wie wir es sind.«

»Ich kapiere das nicht, Rolf. Gab es keine Anzeichen dafür, dass ihr abgehört wurdet?«

»Ich habe mir darüber die halbe Nacht den Kopf zerbrochen. Ich würde Nein sagen, gäbe es da nicht den

Prozess gegen einen hauptamtlichen Mitarbeiter der Staatssicherheit. Wir waren damals äußerst irritiert und glaubten in der Tat, bei uns sei eine undichte Stelle. Die Verteidigung hat auffallend häufig spontan ihre Argumente gegen die Beweisführung der Anklagevertretung formuliert. So als hätte sie unsere Strategie gekannt. Aber zu untermauern war diese Mutmaßung nicht!«

»Hat man Reinhardt vor den Wahlen mit der Aufnahme erpresst?«

»Offenbar nicht. Er meinte, er sei selbst ziemlich beunruhigt gewesen, als da nichts kam. Anscheinend wollte man ihn nur warnen oder verunsichern.«

»Gut, wir werden mit Reinhardt und der Justizministerin a. D. Hillen sprechen.« Schönau sah Böttcher an. »Sag mal, warum ist dieses Gespräch mit Reinhardt eigentlich so folgenlos geblieben?«

»Weil uns das LKA dazwischen kam.«

»Und es gab keine Möglichkeit, Reinhardts Immunität vom Landtag aufheben zu lassen?«

»Nein! Reinhardt war bei allem, was an diesem Wochenende im August 1995 geschehen war, der Drahtzieher, davon waren wir überzeugt. Doch gegenüber dem LKA waren wir machtlos. Die Wahrheit spielte da keine Rolle. Sie hielten ihre Hand über Reinhardt. Und der Justizausschuss des Sächsischen Landtages richtete sich nach dem gewollten *Unkenntnisstand* des LKA. Dass Reinhardt seine Frau in die Luft gesprengt haben soll, ist ja heute noch für viele Menschen in Sachsen unvorstellbar! Es gab für das LKA angeblich nicht den geringsten

Hinweis auf einen Anschlag. Für die war es eine selbst verschuldete *Gasexplosion.* Also gab es auch keine strafbare Handlung, ergo keinen Täter. Reinhardt war raus! Die sächsische Staatsführung ging sogar so weit, dass der damalige Innenminister Bregulla mich bat, ich möge mich bei Reinhardt für die Alleingänge unseres Hauptkommissars Berger entschuldigen.«

»Na und, hast du?«, fragte Schönau und lachte.

»Natürlich nicht! Die Bitte des Innenministers ist dann im Trubel des Wahlkampfs auch irgendwie untergegangen. Als Reinhardt dann Innenminister wurde, hatte sich das Kapitel Sachsen für mich ja ohnehin ganz schnell erledigt.«

***

Zwei Tage später, am 16. Mai 1999 war ›Klassik 3‹ immer noch ein kleiner, aber nicht mehr feiner Sender. Holthoff verwies auf die Verantwortlichkeit von Justus Helmke, dem Nachtredakteur, und kündigte. Ein privater Fernsehsender interessierte sich für ihn. Zum Ergötzen seiner ehemaligen Hörerinnen von ›Klassik 3‹ flimmerte er zwei Monate nach dem Skandal mit ›Classic meets Gassenhauer – Stars der Oper singen Schlager‹ über den Bildschirm. Nach drei Folgen wurde seine Sendung abgesetzt. Der ehemalige Liebling von ›Klassik 3‹ hatte die erwartete Einschaltquote nicht erreicht. Holthoff blieb jedoch dem Bildschirm treu und warb danach bei einem Verkaufssender für Schnickschnack jeglicher Art.

Justus Helmke, dem Holthoff den Schlamassel eingebrockt hatte, wurde mit der Begründung entlassen: *Das Senden von Inhalten privat erstellter Tonträger verstoße gegen die Satzungen von ›Klassik 3‹.*

Albrecht Anders hatte kaum noch Anfragen nach Werbezeit. Ein halbes Jahr nach dem Vorkommnis in seinem Sender gab Anders seine Sendelizenz an die sächsische Landesanstalt für privaten Rundfunk und neue Medien zurück. Ohne die Werbeeinahmen, die Holthoffs Sendungen einbrachten, war der Sender nicht zu halten.

Der ehemalige Oberstaatsanwalt Dr. Böttcher stellte Strafanzeige gegen Unbekannt wegen *Verletzung der Vertraulichkeit des Wortes.* Dr. Marianne Hillen, ehemalige Chefin des LKA Sachsen und Justizministerin a. D., zeigte sich in einem Untersuchungsausschuss erstaunlich ahnungslos, und Dr. Martin Reinhardt war nach Argentinien in den *Urlaub* geflogen – ohne Rückflugticket.

8. Kapitel

Juni 2000

Das Original

»Danke, dass Sie kommen konnten!« Rechtsanwalt Dr. Böttcher empfing mich auf dem Flur der Sozietät Böttcher & Partner. Mit schnellen Schritten und ausgebreiteten Armen kam er auf mich zu, umfasste meine Schultern und sah mich an. »Sie sehen ja blendend aus, Markus!« Er hakte sich bei mir unter und führte mich durch eine Diele, an deren Wänden gerahmte Zeichnungen mit Motiven aus der Schifffahrt hingen.

»Wenn du in einem Raum stehst und nicht weißt, wer darin der Arsch ist, dann bist du's und es wird Zeit zu gehen!«, sagte Böttcher plötzlich.

Irritiert sah ich ihn an.

»Nun, Markus, ich habe Ihre eindrucksvolle Erwiderung auf meine Frage, warum Sie den Polizeidienst quittieren wollen, nicht vergessen.« Abrupt blieb Böttcher stehen und sah mich nun seinerseits an. »Haben Sie Ihre Entschlossenheit von damals eigentlich jemals bereut?«

Ehe ich ihm antworten konnte, öffnete er die Tür, vor der wir inzwischen standen, und schob mich in ein Zimmer. »Meine Kanzleistube! Sehen Sie sich nur um.«

Ich war überwältigt.

»Na, was meinen Sie? War's nicht auch klug von mir, den Posten als sächsischer Anklagevertreter aufzugeben, dieses furchtbare Sachsen zu verlassen und als einfacher Advokat mein Zelt an der Förde aufzuschlagen?«

Ich musste ihm recht geben. Aber *einfacher Advokat* und *Zelt*? In dieser *Kanzleistube* saß mit Sicherheit keine Mandantschaft, die nicht unter fünfhundert D-Mark für eine Stunde mit ihm zahlte. Understatement hatte Böttcher schon in Sachsen gepflegt.

Er unterbrach mein anerkennendes Staunen mit einem Schulterklopfen. »Na, nun setzen Sie sich erst einmal! Sie müssen das hier nicht im Stehen bewundern! Möchten Sie etwas trinken? Whisky, Cognac oder vielleichte ein Glas Champagner?«

Obwohl ich kaum noch Alkohol trank und es für geistige Getränke eigentlich auch ein bisschen zu früh war, sagte ich: »Whisky.«

»Bourbon oder Scotch?«

»Scotch. Auf Eis bitte.«

»Den sollten Sie ohne Eis genießen, er ist etwas ganz Besonderes.« Böttcher ging zum Schreibtisch, nahm den Telefonhörer ab und zögerte. »Haben Sie mit dem Zeug eigentlich noch Probleme, Markus? Soll ich Ihnen vielleicht doch lieber einen Kaffee bringen lassen?« Unschlüssig sah er mich an. Da ich bis auf einen irritierten Blick nicht reagierte, sagte er: »Entschuldigen Sie, Markus, Sie brauchen mir nichts zu erklären! Kurze Antwort: Kaffee oder Whisky?«

»Es gab nie Probleme *mit dem Zeug*, Doktor!«

»Also dann Whisky.«

Mit dem Telefonhörer in der Hand drückte er auf einen Knopf. »Holdselige, bring uns doch bitte mal den *Highland Park*.«

Holdselige! Belustigt lächelte ich vor mich hin. Offensichtlich war sein Interesse an Vorzimmerdamen auch in Kiel ein Thema.

»Sie lächeln, Markus? Die *Holdselige*«, Böttcher war amüsiert und ließ sich diese antiquierte Benennung seiner Sekretärin noch einmal auf der Zunge zergehen, »ist meine Frau. Ich habe vor einem Jahr geheiratet.« Er legte den Hörer zurück auf die Gabel, kam zu mir und setzte sich.

»Was für eine Frau hat es fertiggebracht, Sie einzufangen, Doktor Böttcher?«

Er schmunzelte. Eine Tür öffnete sich.

»Sehen Sie selbst, Markus!«

Tief im Sessel sitzend taxierte ich sie. Mein Blick wanderte von den Stilettos über eine elegante schwarze Hose hoch zu den roten Aufschlägen an den Ärmeln ihrer taillierten Jacke. *Geschmackvoll*, dachte ich. Sie beugte sich vor, um das Tablett abzustellen. Herbes Parfüm. Meine Augen wanderten weiter. Schöner Hals mit Silberkettchen und Anhänger. Die langen blonden Haare waren ihr beim Abstellen des Tabletts ins Gesicht gefallen. Und dann der Moment, als sie sich aufrichtete, ihr Haar zurückfiel und ich sie ansehen konnte.

»Anne?« Erstaunt starrte ich sie an.

»So ist es, mein Lieber«, meinte Böttcher amüsiert.

»Hallo Markus«, lächelte Anne.

Es folgte eine befremdliche Umarmung. Bunte Snea-
kers, Jeans, Shirt und ein unordentlich gebundener Pferdeschwanz, das war Anne als Sekretärin von Kriminalrat
Matthias Hansen, meinem ehemaligen Chef und Freund.
Sie sah mir an, was ich dachte.

»Beurteile ein Buch nicht nach seinem Umschlag,
Markus! Lieber aufgetakelt Böttchers Sekretärin, als
eifersüchtig und frustriert zu Hause rumhängen. Du
kennst doch seinen Hang zum weiblichen Personal!«

Da war sie wieder, die Spitzzüngige. Sie setzte sich zu
uns und Böttcher schenkte ein. »In der Liebe, Markus, ist
es oft die Festung, die den Belagerer erobert.«

Beide erhoben ihr Glas.

Anne lachte. »Na ja, wer hier nun Festung und wer
Belagerer war, bleibt klärungsbedürftig.«

Wir stießen an und tranken. Anne zog ihre Stilettos
aus und hielt sie hoch. »Weißt du, wie viel Liebe es
braucht, um solche Dinger zu tragen?«

Ohne meine Antwort abzuwarten, verschwand sie
wieder. Erwiderungen auf ihre Aussagen schienen beide
offensichtlich nicht allzu sehr zu interessieren.

Nun stand auch Böttcher auf, ging zu seinem
Schreibtisch, griff erneut zum Telefonhörer und wähl-
te. »Böttcher hier«, sagte er. »Sofie, legen Sie doch
bitte alle Anrufe für uns zu Frau Dau ins Sekretariat
von Doktor Schoenmakers. Und wenn Kollegen nach
mir fragen, sagen Sie bitte, ich hätte ein komplexes
Mandat. – Ja, allen! Wunderbar, ich melde mich dann
wieder.«

Anne kam auf Strümpfen zurück. Sie hielt eine Packung Zigaretten und ein Feuerzeug in der Hand, steckte sich eine an, schenkte Whisky nach, und Böttcher fragte unvermittelt: »Stehen Sie noch in Kontakt mit Frau Doktor Eva Wohlert-Neuss?«

Ich war überrascht. Das kam unerwartet. Böttcher hatte mich nicht in seine Kanzlei gebeten, um mit mir über Eva zu plaudern. Er wollte mit mir Vertragsbedingungen für einen Bauunternehmer aushandeln, dessen Hamburger Projekte meine Firma bewachen sollte.

»Nein, ich habe seit 1997 keinen Kontakt mehr zu ihr. Warum fragen Sie?«

»Ich bin Ihrer Schwiegermutter vor einigen Tagen auf dem Nordfriedhof in Leipzig begegnet. Das Nutzungsrecht für die Ruhestatt meiner Großeltern musste verlängert werden. Ihre Schwiegermutter saß am Grab von Rosa Stern, der verstorbenen DDR-Schauspielerin und Tante Ihrer Frau. Sie bot mir eine Vase für meine Blumen an. So eine, die man in die Erde steckt. Sie wissen doch?«

Ich schüttelte den Kopf.

»Nicht? – Na ja, jedenfalls kamen wir ins Gespräch. Ein Wort ergab das andere und es stellte sich sehr schnell heraus, wer da vor mir stand – und dass Sie immer noch mit Frau Doktor Wohlert-Neuss befreundet sind. Natürlich war ich an dem, was sie mir von Ihnen und Ihrer Freundschaft zu Frau Doktor Wohlert-Neuss erzählte, sehr interessiert, hatte aber noch einen Termin. Also lud ich …«

»Doktor Böttcher, ich verstehe den Zusammenhang jetzt nicht ganz.«

»Lassen Sie mich zu Ende erzählen, Markus. Also, ich habe Ihre Schwiegermutter kurzerhand eingeladen, mit Anne und mir den Abend in einem Restaurant zu verbringen. Sie war erstaunt, lehnte aber nicht ab. Eine sehr angenehme Frau. Es war ein durchaus humorvoller und informativer Abend, der den Anstoß dazu gab, Ihre Firma einem meiner Mandanten zu empfehlen. Dieser sucht seit geraumer Zeit einen qualifizierten Wachdienst für seine Hamburger Projekte. Natürlich habe ich vorher Erkundigungen über Ihr Unternehmen eingezogen. Erfreulich positiv!«

Anne drückte ihre Kippe im Aschenbecher aus und zündete sich gleich eine neue an. Böttcher erhob sich und öffnete eines der beiden Fenster, drehte sich dann wieder zu Anne und mir um. Er sah mich an, dann zu Anne. Befangenheit lag in seinem Blick.

»Also dann!«, sagte er und holte tief Luft. »Sicherlich haben Sie von dem Abhörskandal gehört oder gelesen, der sich 1995 in meiner ehemaligen Behörde ereignet hat? Ein schusseliger Radiofritze hat die Sache ins Rollen gebracht. Er spielte ein widerrechtlich auf eine CD gebranntes Gespräch zwischen mir und Reinhardt über einen beliebten Klassiksender ab. Wie er behauptete, unwissentlich. Nur dieser Schusseligkeit ist es zu verdanken, dass die Abhöraffäre überhaupt ans Licht kam. Sie lächeln, Markus. Sie kennen also den Sachverhalt?«

»Dem war leider nicht auszuweichen.«

»Dann wurden Sie also dazu auch befragt?«

Mal wieder ohne meine Antwort abzuwarten, erhob sich Böttcher aus seinem Sessel und ging an seinen Schreibtisch, öffnete eine Schublade, entnahm ihr einen Gegenstand, der aussah wie die Hülle einer CD oder DVD. Mit der Bemerkung, Frau Dr. Wohlert-Neuss sei seit Kurzem seine Mandantin, kam er zu Anne und mir zurück.

»Interessant, Doktor Böttcher, aber was hat Frau Doktor Wohlert-Neuss mit unserer Vertragsbesprechung zu tun?«

Böttcher schob mir die CD-Hülle über den Tisch. Das Cover zeigte singende Menschen vor einer Burg. Darunter:

RICHARD WAGNER
Tannhäuser
Toscanini Conducts

»Und?« Ich sah Anne und Böttcher an. »Die wollen Sie mir jetzt schenken, oder was?«

Jetzt wurde auch Böttcher spöttisch. »In dieser, dem äußeren Anschein nach exzellent gefertigten Hülle befindet sich nicht eine CD mit Musik aus Wagners ›Tannhäuser‹, wie uns das gut gestaltete Cover weismachen möchte, sondern das abgehörte Gespräch zwischen Reinhardt und mir.«

»Ja und? Was soll das jetzt, Doktor? Das ist Vergangenheit!«

»Bei dieser CD handelt es sich um das Original, das Reinhard 1995 auf seinem Geburtstagstisch vorgefunden hat, Markus!«

Langsam wurde ich fünsch, wie die Norddeutschen zu sagen pflegen! Eigentlich wollte ich mit ihm die Vertragsbedingungen erörtern, nicht über Reinhardt sprechen und auch nicht über Eva und schon gar nicht in diesem Ton. Doch dann war da dieser plötzlich aufkeimende Gedanke.

»Sagen Sie jetzt bitte nicht, Frau Doktor Wohlert-Neuss ist die besagte Dame, die dem Moderator dieses Klassiksenders eine Kopie des Originals ins Nest gelegt hat.«

»So ist es, Markus.«

»Und das Ganze sollte was?«

»Reinhardt aus der Reserve locken!«

»Hat wohl nicht geklappt.«

»Das sieht Frau Doktor Wohlert-Neuss heute ähnlich!«

»Aha!«

»Sie hatte mit mehr Resonanz auf die widerrechtliche Veröffentlichung der Face-to-Face-Kommunikation zwischen mir und Reinhardt gerechnet.«

»Und das über eine Radiosendung nach Mitternacht?«

»Genau! Das habe ich auch geltend gemacht. Nachtschichtler wollen Musik hören und kein Gequatsche. Wäre da nicht dieser angetrunkene Huber gewesen, Redakteur einer kleinen sächsischen Zeitung, der Reinhardt angerufen und informiert hat, wäre nischt passiert.«

»Ach nee, der Huber vom ›Morgenblatt‹! Der war schon in unserer Sachsenzeit ein versoffener Quälgeist.«

»Das Ganze lief dann auch noch in die falsche Richtung. Der Presse war Reinhardt ziemlich schnurz. Die schien sich nur für das ehemalige Stasigebäude zu interessieren, in dem die Mordkommission und die Staatsanwaltschaft lange Zeit untergebracht waren. Es ging den Medien nur um die Frage, wie so etwas passieren konnte. Gibt es in der Ehemaligen noch geheime Stasiverbindungen? Haben diese Verbindungen heute noch die Möglichkeit abzuhören? Ist die Republik im Osten sicher? Und so weiter und so fort.«

»Warum dieses merkwürdige Spektakel, Doktor Böttcher? Warum hat sich Eva nicht direkt an ein politisches Magazin gewendet?«

»Sagen *Sie* es mir, Markus! Sie kennen Frau Wohlert-Neuss besser als ich. Mir jedenfalls wollte sie die Frage nicht beantworten.«

Anne, die in der ganzen Zeit zugehört hatte, nippte kurz an ihrem Whiskyglas, stellte es ab und meinte: »Vielleicht wollte sie einfach nur, dass die Menschen deine Unterhaltung mit Reinhardt hören und nicht in irgendwelchen Blättern nur Auszüge lesen!«

»Schön und gut, Liebling«, meinte Böttcher zu Anne. »Aber wie konnte sie wissen … – Aber lassen wir das! Kommen wir zu dem Vertrag. Nur kurz noch: Sie kennen das Gespräch zwischen Reinhardt und mir, Markus?«

»In Auszügen.«

»Gut, dann gebe ich Ihnen die Aufnahme mal mit. Sollten Sie sich im Ganzen anhören.«

Doch jetzt wollte *ich* nicht so schnell aufgeben. »Wem gehörte denn der Klassiksender, Doktor?«

»Einem Anders, glaube ich. Moment, ich hole mir mal den Vorgang.« Böttcher ging zurück an den Schreibtisch und kam mit einem Schnellhefter zurück. »Schauen wir doch mal.« Böttcher zog seine Brille, die er auf die Stirn geschoben hatte, herunter, klappte den Schnellhefter auf und fuhr mit dem Zeigefinger über die Zeilen eines Schreibens. »Hier: Anders, Albrecht Anders, Spediteur.«

»Sieh an! In der Zeit der Übergriffe und des Anschlags auf die Bar war er zweiter Vorsitzender des FNB in Sachsen! Erinnern Sie sich?«

»Richtig, natürlich! – War da nicht etwas mit Ihrem Oberkommissar Kröger und seinem Sohn?«

»Der Sohn verdiente sich etwas zum Studium als Fahrer bei Anders dazu. Was seinem Vater gar nicht recht war. Marco Kröger war auch Zeuge der Entführung seines Vaters in einem Wagen der Spedition Anders.«

»Lassen wir das mal so stehen!«, fuhr Anne dazwischen. »Frau Wohlert-Neuss hatte sicherlich ihren Grund, die Kopie diesem Klassiksender unterzujubeln. – Kommen wir endlich zu den Verträgen! Ich habe nämlich einen Mordshunger.«

***

Unter einer alten Linde, am Ufer der Förde, war für uns ein Gartentisch reserviert. Eine leichte Brise, die von der Ostsee zu uns herüber wehte, machte den frühen Sommerabend mehr als angenehm. Es war schon ein besonderer Platz, zu dem uns dieser Max, der Oberkellner des Restaurants ›Foerdeblick‹, gebeten hatte.

Böttcher und Anne hatten mich, nach Unterzeichnung des Vertrags, eingeladen, mit ihnen den Abend bei einem Essen zu verbringen. Es war erstaunlich: Seit seiner Zeit als Oberstaatsanwalt in Sachsen hatte Böttcher sich kaum verändert. Immer noch der sportlich-elegante Beau. Und Anne? Sie hatte sich in der Kanzlei nicht nur umgezogen, sondern sich auch *die Dame* abgeschminkt und erschien so, wie ich sie als Sekretärin meines Freundes, Kriminalrat Matthias Hansen, kannte: in Jeans, Shirt, Turnschuhen und mit Pferdeschwanz.

Trotz der Gedanken, die mir über Eva immer mal wieder durch den Kopf gingen und Momente der Unaufmerksamkeit zur Folge hatten, wurde es ein angenehmer Sommerabend.

Kurz nach Sonnenuntergang verließen wir das Restaurant und fuhren zu meinem Wagen, den ich in der Nähe der Kanzlei geparkt hatte. Mit einer Umarmung und einem herzlichen Gruß an Emmi verabschiedeten sie mich.

Der Verkehr auf der A7 lief zügig. In einer Stunde würde ich zu Hause sein.

***

Ganze drei Wochen lag unsere Tochter mit dem Gott des Tiefschlafs im Clinch. Doch seit ein paar Tagen war unsere Kleine, Hypnos' Autorität sei Dank, davon überzeugt, die Nacht sei wohl doch zum Schlafen gedacht. Und es schien wieder eine Nacht zu werden, in der Rosa Marie mit uns ein Einsehen haben und durchschlafen würde. Immer wieder hinhörend, ob sie es sich womöglich doch noch anders überlegte, saß ich vor meinem Laptop.

Noch am späten Abend hatte Böttcher mir den unterschriebenen Vertrag per Mail zukommen lassen. Ich möge mir diesen doch noch einmal ansehen, hatte er geschrieben.

Der Tag war lang gewesen. Ich hatte nicht die geringste Lust, mich noch einmal mit dem Vertragstext zu beschäftigen. Apathisch saß ich vor dem Bildschirm und blätterte in Verzeichnissen. Desinteressiert öffnete ich irgendwelche Ordner und schloss sie wieder. Emmi war der Meinung, ich solle doch lieber ins Bett kommen als sinnfrei in Verzeichnissen rumzuwühlen. Schlaf würde mir gut tun. *Recht hat sie*, dachte ich. Ohne es eigentlich zu wollen, blieb ich dann doch in einem Verzeichnis hängen. Ordner mit Fotos aus den Jahren 1990 bis 1995. Eva lachend mit unseren Freunden. Eva umarmt ihre große Liebe Luisa. Eva mit ihrem hilfsbereiten Briefträger. Eva mit Fred an seinem Flügel in der Bar. Ich erinnerte mich. Sie spielten zusammen ›Alle meine Entchen‹.

Wir lachten. Eva mit Kriminalrat Matthias Hansen am Schachbrett und … und …

Und dann dieses Polizeifoto. Eva nach dem Anschlag, angeschlossen an Schläuchen und auf einer Bahre liegend.

Ich lehnte mich zurück. Verdammt, mir kamen doch wirklich die Tränen. Ich wollte diese Erinnerungen nicht mehr. Ich konnte sie nicht ertragen. Und dennoch: Mit einem Gefühl grenzenloser Zuneigung sah ich mir die alten Fotos an. Es hat Emmi und mich tief bewegt, wie schwer Eva in diesem schmerzlichen Sommer 1995 um ihr Leben kämpfte. Ein Leben, das in seiner Zukunft alles andere als lebenswert schien.

Ich starrte immer noch auf das Polizeifoto. Aus meinem Gefühl von Zuneigung wurde Wut. Vielleicht sollten wir, die Übriggebliebenen, mit Reinhardt endlich abrechnen. Ihm die Schlussrechnung präsentieren. Egal was für uns unter dem Strich dabei herauskommt! Waren wir das nicht unseren Freunden schuldig? Hat Eva nicht recht, wenn sie immer wieder versuchte, Reinhardt auf die Richtbühne zu zerren?

An Schlaf war jetzt nicht mehr zu denken. Hellwach ging ich in die Küche, befüllte die Kaffeemaschine und schaltete sie ein.

Langsam tropfte der Kaffee in die Glaskanne. *Jeder Tropfen höhlt den Stein*, ging es mir dabei durch den Kopf.

Gerade als ich die CD, die mir Böttcher mitgegeben hatte, in den Player einlegte und mir die Kopfhörer aufsetzte, verließ Amadeus, unser Kater, wie ein geölter

Blitz meinen Sessel, um sich hinter dem Schreibtisch zu verkriechen. Intuitiv drehte ich mich zur Tür.

»Emmi?«

Fröstelnd zog sie sich ihren Morgenmantel enger um die Schultern, kam zu mir an den Schreibtisch, nahm mir die Kopfhörer ab, gab mir einen Kuss und kuschelte sich dann in meinen Sessel. Seit der Geburt von Rosa Marie hatte sich die Beziehung zwischen Emmi und unserem verrückten Kater empfindlich eingetrübt. Er, offensichtlich eifersüchtig, legte Merkwürdigkeiten an den Tag, die Emmi laut vernehmbar nicht duldete. Außerdem zeigte er Emmi in aller Deutlichkeit, dass er *dieses schreiende Etwas* nicht in unserem Haus zu tolerieren gedachte. Die Bemerkung von Atara de Andrade, die inzwischen täglich für einige Stunden im Haushalt half: »Terrível! Frau Emmi haben verschissen bei Amadeus!«, war sicherlich etwas drastisch, traf aber genau den Punkt.

»Hörst du noch Musik?«, gähnte Emmi mich an.

»Nee, dieses aufgezeichnete Gespräch zwischen Böttcher und Reinhardt.«

»Oh Gott!«, nuschelte sie, zog die Beine an, gähnte noch einmal, schloss die Augen und war nur Augenblicke später eingeschlafen.

Ich holte den Quilt, den sich Emmi vor Jahren aus New York mitgebracht hatte, und deckte sie damit zu. Sie öffnete kurz ihre Augen, lächelte, drehte sich auf die andere Seite, kuschelte sich wieder ein und schlief weiter. Beleidigt kam Amadeus hinter dem Schreibtisch hervor und schlich durch die Tür, die Emmi aufgelassen hatte, damit wir Rosa Marie hören, falls sie doch, wider Emmis Erwartung, den Anspruch erheben würde, die Nacht zum Tag zu machen. Es war jedoch nicht unsere Tochter, die Emmi aus ihrem Schlaf emporfahren ließ, sondern mein lautes »Unfassbar«.

Aufgeschreckt fragte Emmi: »Was ist, weint sie?«

Ich schüttelte den Kopf. »Nein, dieser Reinhardt ist unglaublich!«

Sie stand auf, kam zu mir und legte kurz den Kopf auf meine Schulter. »Kommst du auch?« Sie erhob sich, sah mich an und klopfte mir auf die Schulter. »Also nicht? Gut, dann weck mich, wenn deine Tochter wach wird!« Gähnend und schläfrig tastete sie sich zurück in ihr Bett.

Ich setzte mich in meinen Sessel und deckte mich zu. Emmis Körperwärme war unter dem Quilt noch fühlbar. Das machte alles etwas leichter. Die Aufnahme mit Reinhardts Stimme hatte mich so greifbar in das Wochenende vom August 1995 zurückversetzt, wie ich es noch nicht empfunden hatte. Nicht einmal in meiner schwierigen Zeit des übermäßigen Alkoholgenusses. An eine erholsame Nachtruhe war nun endgültig nicht mehr zu denken.

Zwar nickte ich schließlich in meinem Sessel ein, doch Albträume ließen mich immer wieder aufschrecken. Und danach diese Reflexionen. Die wieder und wieder bei der Frage endeten: Was ist das für ein Spiel, das Eva da spielt? Ich musste Böttcher anrufen. Ich sah auf die Uhr. Es war kurz nach halb fünf und es würde mir ein Vergnügen sein, ihn aus dem Schlaf zu holen.

***

Eine nuschelige Stimme meldete sich. Mein Triumph, ihn tatsächlich geweckt zu haben, hielt nur kurz an.

»Böttscher.«

»Berger. Moin.«

»Moment, Mark...« – Schluckgeräusche. »Hallo Markus, hatte gerade von meinem Brötchen abgebissen.«

Überrascht und spöttisch fragte ich: »So zeitig schon am Frühstückstisch?«

»Tisch is nich, mein Lieber, mach ich so nebenbei. Ich muss um neun Uhr in Hamburg plädieren. Das heißt, früh aufstehen, noch einmal Akten einsehen und mir letzte Gedanken machen, wie man so ein Ding schaukelt. Schwerer Betrug, Kursmanipulation und Steuerhinterziehung. Nicht ganz einfach zu verteidigen! Verrückt diese New Economy von Mitte der Neunziger. Wissen Sie, Markus, jeder hätte damals die Aktien einer Schaschlikbude gekauft, wenn nur *Neuer Markt* drauf gestanden hätte. Und wenn's dann schief geht, wie in diesem Fall, ist das Geschrei groß.« Stark schlürfendes Geräusch.

Diese Unhöflichkeit und auch seine gute Laune ärgerten mich und gereizt fragte ich weiter: »Kaffee oder Tee?«

»Kaffee, Costa-Rica-Mischung. Schmeckt hervorragend!«, antwortete er ohne meine Gereiztheit zur Kenntnis zu nehmen. Wieder dieses Schlürfen. »Sind Sie gut nach Hause gekommen? Die frühe Zeit Ihres Anrufs lässt vermuten, dass Sie unseren sächsischen Appetithappen genossen haben.«

»Von wem hat Frau Wohlert-Neuss diese CD, Doktor Böttcher?«

»Von der damaligen Justizministerin des Landes Sachsen!«

»Sie meinen LKA-Hillen?«

»So ist es! Von Doktor Marianne Hillen. Eine Expertin in Sachen Staatsrecht und ganz speziell in Kohabitation. Leider mit üblem Beigeschmack. Sie konnte Bett und Profession nicht trennen und tanzte libidinös auf allen Hochzeiten. Zu Deutsch: Sie nahm alles mit ins Bett, was ihr sexuelle Befriedigung verschaffte. Wie schon erwähnt, ist Hillen eine absolute Fachfrau auf dem Gebiet des Staatsrechts. Doch ihre Hypersexualität machte sie zu einer instabilen Person. Die Parteiführung der CSP hätte ihr zu gern ein Ministeramt in Bonn angeboten, doch die damit verbundene Verschwiegenheit hat sie ihr nicht zugetraut. *Wer weiß, was die im Bett ausplaudert,* werden die gedacht haben. Hillen konsultierte die Psychologin Doktor Wohlert-Neuss Anfang der Neunzigerjahre und unterzog sich bei ihr einer Therapie. Hillen wurde danach Chefin des LKA Sachsen. Bei der Therapie muss es zu einer Vertrautheit gekommen sein, die Hillen veranlasst hat, die CD nach dem Scheitern der sächsischen rechtskonservativen Regierung bei der Psychologin zu parken. So jedenfalls erzählte mir das Frau Doktor Wohlert-Neuss in einem Gespräch. Die CD wurde zu keiner Zeit von Reinhardt zurückverlangt, und ob die Therapie gewirkt hat … ich kann es Ihnen nicht sagen, Markus. Jedenfalls soll es bei der Postenverteilung in den sächsischen Koalitionsverhandlungen 1996 zugegangen sein wie bei einer Tombola in einer Vorstadtkneipe. Und die Hillen hatte das Justizministerium gezogen. Bis heute ist auch völlig unklar, wie es zu dieser Aufzeichnung gekommen ist und wer die CD erstellen ließ. Jedenfalls landete diese *Meisterleistung* auf Reinhardts Geburtstagstisch in Auerbachs Keller. Und das mitten im Landtagswahlkampf 1995.« Sein Lachen war ansteckend.

***

Dr. Böttcher und Anne, seine Frau, wurden Freunde von uns. Die Zeit verging. Wir sprachen kaum noch über Eva. Uns war bewusst: Wer Vergeltung will, der hält seine eigenen Wunden offen. Und das sollte endlich für Emmi und mich vorbei sein.

9. Kapitel

3. März 2003
Ein Wiedersehen

Der Winter schien in diesem Jahr endlos. Wieder setzte Schneetreiben ein. Emmi hatte es sich auf der Couch vor dem Kamin bequem gemacht und genoss den Abend bei einem Glas Rotwein und mit einem Kriminalroman von Håkan Nesser: *Kim Novak badete nie im See von Genezareth.* Man war froh, wenn man bei diesem Wetter nicht aus dem Haus gehen musste.

Ich hatte an diesem Abend einschläfernde Kostenvoranschläge erstellt und stand nun am Fenster unseres Wohnzimmers. Ermüdet von zu vielen Zahlen, sah ich dem Tanz der Schneeflocken zu. Es war spät geworden, als es ein paar Mal an der Tür läutete. Irritiert schaute ich auf die Uhr: 23:30. Genervt von dem aufdringlichen Läuten, legte Emmi ihren Krimi beiseite, nahm die Decke von ihren Beinen, stand auf, ordnete mit beiden Händen ihr Haar und fragte besorgt in den Raum hinein: »Wer kann zu dieser Zeit noch etwas von uns wollen? Hoffentlich ist nichts mit meiner Mutter?«

»Glaube ich nicht!«, versuchte ich, sie zu beruhigen und folgte ihr zur Haustür. »Ihr ging es doch heute Nachmittag wieder ganz gut. Wenn es was Unangenehmes ist, Emmi, dann geht es höchstens um unsere Objekte.« Es gab in der letzten Zeit immer wieder Ärger mit den von uns bewachten Baustellen. Einbrüche und

Diebstähle waren offensichtlich in dieser Stadt groß angesagt.

In der Hoffnung, die Polizei bliebe uns erspart, beobachtete ich Emmi, die durch den Türspion sah. Überrascht drehte sie sich zu mir um und flüsterte: »Anne und Böttcher, und da ist noch jemand.«

Vorsichtig öffnete Emmi die Haustür und ließ die drei eintreten. Schnee wehte in den Flur. Doch ehe wir etwas fragen konnten, rief unsere Kleine, die offensichtlich vom hartnäckigen Läuten wach geworden war und nun oben am Treppenabsatz stand: »Tante Anne, Tante Anne, hast du mir was mitgebracht?«

»In der Nacht gibt es keine Geschenke, da gibt es nur schöne Träume«, rief Anne nach oben, »aber ich bringe dich ins Bett und erzähle dir eine Traumgeschichte. Möchtest du sie hören?«

»Au ja«, jubelte Rosa Marie!« Sie hielt sich an den Stäben des Treppengeländers fest und kam, mit dem Po voran, Stufe für Stufe die Treppe herunter. Fasziniert sahen wir ihr dabei zu. Als sie unten war, lief sie auf Anne zu und umarmte sie. Gab danach Böttcher die Hand und musterte ihn von oben bis unten: »Du bist ja ein Schneemann, Herr Böttcher.«

Wir lachten und Rosa Marie wurde für einen Augenblick zum Mittelpunkt, der uns von der unbekannten Frau ablenkte. Doch ehe Böttcher uns vorstellen konnte, hatte unsere Tochter schon das Wort ergriffen. So direkt, wie nur Kinder fragen, fragte sie: »Und wer bist du?«

Die Unbekannte setzte sich vor Rosa Marie in die Hocke. »Du bist also Rosa Marie?«

»Ja. Kennst du Mama und Papa?«

»Ja, ich kenne deine Eltern. Wenn du möchtest, kannst du mich Eva nennen.«

»Warum weinst du denn, Eva?«

»Weil ich mich freue. Ich habe deine Mama und deinen Papa lange, lange nicht gesehen.«

»Komisch«, meinte unsere Kleine, »ich weine nicht, wenn ich mich freue.«

Eva strich Rosa Marie über den Kopf, kam dann etwas beschwerlich aus der Hocke wieder hoch und sah mich an. »Mensch, Berger, guck nicht so entsetzt! Ich weiß ja, dass man mir den Charakter aus dem Gesicht operiert hat und ich mir den Rest meiner Persönlichkeit mit Schminke überkleistert habe.« Sie lachte und zeigte auf ihren Pelzmantel. »Nun sei wenigstens so höflich und hilf mir erst mal aus diesem Tinnef hier!«

Emmi war die Erste, die Eva herzlich in die Arme schloss. Und das, ohne auch nur eine Frage zu stellen, ohne Wenn und Aber. Ich dagegen stand mit dem Pelzmantel in der Hand vor der Garderobe und sah mir die Umarmung der beiden Frauen an. Frauen müssen irgendwie gefühlsbestimmter sein, ging mir durch den Kopf. Statt einer Umarmung hätte ich zuerst einmal gefragt: »Wo kommst du denn her?«

Und da stand sie nun, noch nicht umarmt von mir, und wartete. Das hier war alles so unwirklich. Anne und Böttcher hatten wie selbstverständlich schon abgelegt und Anne trug nun Rosa Marie auf dem Arm die Treppe hoch, zurück ins Kinderzimmer. Emmi hatte sich Böttcher geschnappt. Untergehakt gingen beide an das wärmende Kaminfeuer. Wie aus weiter Ferne hörte ich Emmi noch rufen: »Markus, holst du noch ein bisschen Holz? Und bring doch bitte gleich noch eine Flasche Wein mit!«

Und dann fielen wir uns in die Arme, die Freundin und der Freund. Tränen. Dann ein »Wie geht es dir, Doktor Eva Wohlert-Neuss?«, ein »Du siehst gut aus« und Fragen wie: »Wie lange haben wir uns nicht gesehen?« – und dazwischen immer wieder Umarmungen.

Sie war nicht mehr *die* Eva, so wie ich sie kannte. Die zur Korpulenz neigende, die nur mit einem Nachthemd und Morgenmantel bekleidet in Jesuslatschen auf die Straße läuft, um den Briefträger zu begrüßen. Vor mir stand eine kleine schmächtige Frau im eleganten Hosenanzug. Ihr Gesicht narbenlos und gut geschminkt. Sie hatte recht: Ihr Gesicht hatte seinen Charakter verloren. Es hatte Eva verloren. Nur ihre Augen erinnerten noch an ein *Vorher*.

***

Nach dem Anschlag wurde aus ihr eine Frau ohne Berufung. Sie praktizierte nicht mehr und bezeichnete sich selbst als *eine Psychologin mit einem zerstörten Selbstbild*. Sie sah sich negativer als Außenstehende sie sahen. Ein eklatanter Gegensatz zu ihrem Leben vor dem nazistischen Anschlag auf Eddys Bar. »Ich überlebte es – ja, als Einzige, ja. Aber körperlich und seelisch bin ich geschunden. Mit einem andauernden Schuldgefühl und der Frage: Warum gerade ich? Warum musste *ich* überleben?« Sie hatte als Therapeutin vielen ihrer Patienten helfen können, jedoch erst in der Konfrontation mit ihrem Schicksal wurde ihr bewusst, wie wenig sie von dem Leiden ihrer Patienten begriffen hatte. Sie suchte Freiheit. Nicht die Freiheit im Sinne von Selbstbestimmung – denn selbstbestimmt, das war Eva auch noch in ihrem *zweiten Leben*, wie sie ihre gegenwärtige Zeit nannte. Eva suchte Befreiung, Befreiung von ihrem selbstzerstörerischen Schuldgefühl. »Indien hätte mir vielleicht gut getan und geholfen«, sagte sie oft. Doch dieses Land verband sie mit ihrer großen Liebe Luisa, die sie in Indien gefunden und am Abend des 13. August 1995, bei dem Anschlag auf die Bar, wieder verloren hatte. »Es ist nicht alleine Luisa, von der ich in Indien endgültig hätte Abschied nehmen können. Indien hat mir zu viele Erinnerungsfallen, in die ich wahrscheinlich hineingestolpert wäre.« Und das war ihr kontraproduktiv erschienen.

Hilfe von Kollegen wollte sie nicht annehmen. »Ach komm, Markus!«, erklärte sie. »Die hätten mir doch den gleichen Tinnef erzählt, den ich auch meinen Patienten immer erzählt habe.«

Sie schien einer Befähigung, seelische Störungen und psychische Erkrankungen zu heilen, nicht mehr zu trauen. Eva war überzeugt davon, nur eine Konfrontation mit Dr. Martin Reinhardt könne ihr jetzt noch helfen. Sie, die nicht nur ihre psychische und physische Gesundheit eingebüßt, sondern auch ihre Liebe, ihre Freunde und ein glückliches Leben verloren hatte, wollte Reinhardt mit der Aufdeckung und Bewusstmachung seiner Schuld konfrontieren, ihn in einen existenzbedrohenden Ausnahmezustand treiben.

***

Ich kannte ihren Tonfall, herausfordernd und angriffslustig. Der hatte sich im Lauf der Zeit bei Eva nicht geändert. Aber ich hörte auch ihre Verunsicherung.

»Offenbar«, sagte Dr. Böttcher in ein allgemeines Schweigen hinein, »ist Ihnen tatsächlich der Ehrenkodex und das Wesentliche Ihrer Zunft abhandengekommen. Das, was Sie vorhaben, verehrte Eva, ist nicht *die* Befreiung von Ihrem Schuldbewusstsein! So wie ich Sie verstanden habe, ist Ihr Ziel Rache auf hohem Niveau. Sie wollen Reinhardt vernichten.«

Anne war die Müdigkeit deutlich anzusehen. Da half auch der starke Kaffee nicht, den Emmi uns aufgebrüht hatte. Es war inzwischen zwei Uhr dreißig geworden und Anne zog sich ins Gästezimmer zurück.

Böttcher brachte das Gespräch dann auf das Eigentliche. »Rache ist eine Art wilder Justiz! Das brauche ich Ihnen, einer Psychologin, wohl nicht zu erzählen. Sie spielen *va banque* mit Ihrem Leben, Eva. Sie sind unmittelbar nach Ihrem Aufenthalt in einer Berliner Klinik nach Bogota gegangen, Sie kennen also Reinhardt als sächsischen Innenminister nicht, Sie haben seine Bösartigkeit und Bedrohlichkeit nicht erlebt, und das vereinfacht Ihr Vorhaben in keinster Weise. Sie wissen offensichtlich nicht, dass unter seiner Amtsführung *fremdländische* Menschen Opfer rechter Tötungsverbrechen wurden, und das um ein Vielfaches öfter als in jedem anderen Bundesland dieser Republik. Aufklärungsquote gleich null! Erinnern Sie sich bitte, Eva: Dieser Mann hat nicht einmal vor der Ermordung seiner Frau zurückgeschreckt. Er ließ sie an diesem 13. August 1995 in Schöns Bar gehen, obwohl ihm klar war, was passieren würde. Ich hoffe, Ihnen ist sehr bewusst, worauf Sie sich da einlassen wollen! Es gibt in Sachsen noch starke Sympathien für Reinhardt. Seilschaften aus seiner kurzen, aber intensiven Regierungszeit, die Ihnen gefährlich werden können. Eva, wirklich, Ihr Vorhaben ist für Sie ein Ritt auf der Rasierklinge.«

»Ich danke Ihnen für Ihre Besorgnis, Rolf«, sagte Eva. »Glauben Sie mir, es ist mir schon bewusst, auf was und mit wem ich mich da einlasse. Aber verstehen Sie: Leiden am eigenen Leid, das ist eine Höllenqual«, fuhr Eva fort. »Und letztlich bin ich dann in den Armen von Johnnie Walker gelandet. Er half mir schneller als eine monatelange Therapie. – Nun seht mich nicht so an! Ja, ich bin Psychologin und Ärztin, und mir war sehr wohl bewusst, dass etwas falsch läuft mit mir. Aber auch ich bin nur ein Mensch und wollte dieses quälende Schuldgefühl einfach mal ausknipsen. Und Mister Walker half hervorragend. Ich bin genau wie jeder Süchtige darauf reingefallen, hab meine Abhängigkeit verneint. Trotz meiner Erfahrung als Medizinerin habe ich mir eingeredet, die ein, zwei oder auch drei Gläschen am Tag seien in Ordnung. Auch als Schlafstörungen, Schweißausbrüche und morgendliches Zittern auftraten, hörte ich nicht auf zu trinken. Spätestens in dem Stadium hätten die Warnlampen angehen müssen. Dann kam aber die schlimmste Zeit. Hatte ich erst einmal angefangen zu trinken, war es mir fast unmöglich, wieder aufzuhören. Und dann der Zusammenbruch. Ich habe das Klischee eines Alkoholkranken komplett erfüllt und lag tatsächlich eines Morgens in meiner eigenen Scheiße. – Bis heute frage ich mich, was mich eigentlich davor bewahrt hat, mir mein Hirn nicht ganz mit Johnnie Walker zu pürieren. Vielleicht war da doch noch ein kleiner Bezug zu meinem Beruf. Jedenfalls ließ ich mich von Freunden zu einem Entzug in Argentinien überreden. Mit meinem Freund Johnnie im Handgepäck flogen wir nach Buenos Aires in die Guemes-Klinik. Und dort lernte ich Doktor Delgado kennen. Ein Arzt, der mir klar machte, dass nicht der Schmerz weniger wird, wenn man trinkt, sondern nur die Fähigkeit, ihn zuzuordnen. Er hat mir mit unseren Gesprächen sehr geholfen. Dafür schulde ich ihm heute noch Dank. *Reden Sie mit diesem Reinhardt, Eva,* sagte er. Ungefähr einen Monat nach meiner Selbsteinlieferung stellte er mir Lena Rochat vor, eine freie Journalistin aus der französischsprachigen Schweiz. Sie lebt in

Buenos Aires und hatte von einem deutschen Magazin den Auftrag bekommen, über noch lebende oder bereits verstorbene Nazis zu schreiben, die ab 1945 nach Argentinien geflüchtet waren. Die man in Deutschland nicht zur Rechenschaft ziehen konnte, weil sie mithilfe der Perón-Regierung argentinische Staatsbürger geworden waren …«

»Genau darum gab es in Deutschland keine Anklagen gegen die flüchtigen Nazis«, unterbrach Böttcher und erklärte: »Argentinien liefert seine Staatsbürger nicht aus. Und die Nazifahnder konnten den NS-Ideologen nicht auf die Spur kommen, weil sie sich andere Namen gegeben hatten und oft ihren Wohnort wechselten. Etwa zweitausend überzeugte Nationalsozialisten setzten sich zwischen 1945 und 1949 nach Argentinien zu dem nazifreundlichen Perón ab.«

Eva nickte und fuhr fort: »Bei ihrer Recherche über die Altnazis stieß Lena auf den Namen Doktor Martin Reinhardt und das Datum seiner Geburt. Sie wurde neugierig. Warum kommt dieser Mann, ein nach 1945 geborener Deutscher, auf eine ihr zugespielte Liste von Braunhemden aus dem Dritten Reich? Sie telefonierte mit dem Chefredakteur des Magazins, Hans Mahnke, und erfuhr von ihm, dass Reinhardt ehemaliger Parteivorsitzender des rechtspopulistischen FNB war und für kurze Zeit einer Mitte-Rechts-Regierung als Innenminister des Landes Sachsen angehört hatte. Sie solle da mal dranbleiben. Reinhardts Geschichte wäre wesentlich interessanter als die Geschichten der *ollen Nazihaudegen.*

Man würde ihr Einiges an Hintergrundmaterial über Reinhardt mailen. Denn, so erfuhr sie, seit ein kleiner deutscher Klassiksender einen illegalen Gesprächsmitschnitt von Reinhardt und einem sächsischen Oberstaatsanwalt versehentlich veröffentlicht hatte, sei Reinhardt verschwunden. Er habe sich in einen langen geplanten Urlaub begeben, hieß es vonseiten seines Büros. Offensichtlich mit einem *Ticket of No Return.* Er war dann irgendwann keine Schlagzeile mehr wert. ›Vielleicht können wir das ja ändern‹, meinte Mahnke und bat Lena, herauszufinden, wo er steckt und was er macht.

Lena hatte mich für ein halbes Jahr zu sich eingeladen, damit ich mit ihrer Hilfe und ohne meinen ehemaligen Freund Johnnie Walker wieder in die Wirklichkeit zurückfinde. Ich hatte mit ihr über Reinhardt gesprochen, wusste jedoch von ihrem neuesten Auftrag nichts. Das Magazin hat ihr das versprochene Informationsmaterial über Reinhardt geschickt. Sie hatte es ausgedruckt und auf ihrem Schreitisch liegen lassen. Sie war an diesem Tag in Eile, musste zu irgendeinem Meeting. Ich musste, als sie weg war, telefonieren und dazu in ihr Office gehen. Und da sah ich die Ausdrucke auf dem Schreibtisch liegen und las sie. Lena fand mich dann später betrunken in ihrem Garten. Mit dem Versprechen, *›Wenn es dir besser geht, dann kümmern wir uns beide um diesen Reinhardt‹,* fuhr sie mich zurück in die Klinik. Sie ist der Grund, warum ich aufgehört habe zu trinken und warum ich heute hier bin.« Eva schob ihr unberührtes Glas Rotwein zur Seite und goss sich eine Tasse Kaffee ein.

Sie lachte, als sie sich gegen vier Uhr morgens erhob, um zu gehen. Ein beeindruckendes Lachen. Ihre Augen blitzten. Augen groß und blau und überquellend vor Redlichkeit. Eva blies einem immer noch wie frischer Wind um die Nase. Trotzdem fühlte ich mich ihr gegenüber eigenartig fremd. *Wie früher*, so dachte ich, *ist es nicht mehr.*

Das Magazin, für das Lena Rochat freiberuflich arbeitete, hatte Eva gebeten, an einer Pressekonferenz teilzunehmen, die heute stattfinden sollte. Eva war aus Buenos Aires gekommen und in Madrid zwischengelandet. Der Weiterflug war wegen des ungewöhnlich heftigen Schneetreibens in Madrid verspätet gestartet. Trotz der späten Stunde ihrer Ankunft hatte Eva die Böttchers gebeten, sie vom Flughafen Fuhlsbüttel abzuholen und direkt zu uns zu bringen.

Sie hatte sich uns anvertraut. Sie hatte über Reinhardt gesprochen. Sie wollte mit ihm abschließen! Sich erlösen. Dass sie heute auf dem besten Wege dahin war, hatte sie uns verschwiegen. Mit den Worten: »Geht hin und hört euch das an!«, legte sie uns zwei Einladungskarten auf den Tisch, lachte, küsste Emmi und mich zum Abschied und verschwand in das bestellte Taxi. Sie winkte uns zu.

»Hotel ›Atlantic‹«, hörte ich sie noch sagen.

Nachdem das Taxi in Richtung Innenstadt abgefahren war, setzten wir uns noch einmal vor den Kamin zusammen. Es erschien mir alles so irrwitzig – Evas später

Besuch ohne Vorankündigung und diese Einladung zu einer Pressekonferenz. Natürlich freute ich mich, sie wiederzusehen! Aber die Freude war im Laufe der Nacht schal geworden. Das Hochgefühl, das ich im ersten Moment empfunden hatte, war in ein Gefühl der Ernüchterung übergegangen. Schlafbedürfnis, der Wein und die fortgeschrittene Stunde machten mich scharfzüngig. »Erklären Sie uns doch diese Einladung von Frau Doktor Wohlert-Neuss zu dieser *Pressekonferenz*, Doktor Böttcher!«, bat ich ihn patzig.

»Kann ich nicht, Markus. Ich bin genauso ahnungslos wie Sie«, war seine knappe Antwort.

»Nun mal raus mit der Sprache, Böttcher! Natürlich wissen Sie mehr. Sie sind doch ihr Rechtsbeistand.«

»Ach kommen Sie, Markus. Auch wenn *ich* wüsste, was uns heute für ein Zinnober erwartet, ich dürfte nicht darüber sprechen. Das wissen Sie doch genau. Sie waren Kriminalbeamter! Warten wir es in Geduld ab.«

10. Kapitel

4. März 2003

Die Pressekonferenz

Sie sah auf ihre Armbanduhr. »Zehn Minuten zu spät«, meinte die Türschließerin anmaßend vorwurfsvoll. »Eigentlich dürfte ich Sie nicht mehr in den Konferenzraum lassen. Der Herr Doktor Muller spricht schon!«

Wir zeigten unsere Einladungen.

»Oh, VIPs!«, sagte sie und wurde eine ganze Spur freundlicher. »Der rote Bereich mit den gepolsterten Stühlen gleich links hinter der Absperrung – bitte.« Dann öffnete sie die Tür.

Anne zählte die Stühle durch und zeigte dabei mit dem Zeigefinger auf jeden der elf unbesetzten Sitzmöbel. Fasste flüsternd unser Erstaunen in die Frage: »Sind wir hier die einzig Lebenden?«, und schüttelte verständnislos den Kopf.

Emmi war vorangegangen. Wie angewurzelt blieb sie vor den Stühlen stehen – und dann kamen ihr die Tränen. Auf sieben von den elf Stühlen lag ein Namensschild mit einem kleinen Strauß Vergissmeinnicht.

Luisa Werner, Matthias Hansen, Eddy Schön, Fred Krauss, Josh Mandelsperger, Erna Klein, Kurt Kröger.

Es waren die Namen unserer Freunde, die bei dem Anschlag auf Eddys Bar ums Leben gekommen waren.

Aufgewühlt setzten wir uns.

Eva sah mich an. Sie saß mit zwei uns unbekannten Personen auf einem Podest an einem Tisch. Sie lächelte. An einem aus alter Zeit stammenden Rednerpult stand der Verlagsleiter Dr. René Muller. Ich kannte ihn. Hatte ihn nach einem Farbanschlag auf sein Haus kennengelernt und von ihm den Auftrag erhalten, sein Anwesen ein Jahr lang zu bewachen.

»Was wird das hier – Evas Tagebücher, oder was?«, zischte Emmi gereizt.

»Abwarten!«, flüsterte Böttcher und legte seinen Arm um ihre Schultern.

Das unerwartete Erinnern an unsere getöteten Freunde hatte auch mich aus dem seelischen Gleichgewicht gebracht. Unter Anstrengung hörte ich Muller zu, verstand aber die Verbindung zwischen dem Gesagten und uns nicht.

»... Bereits vorliegende Ergebnisse einer Untersuchung zeigen, dass entwickelte Modelle zum Schutz von Kindern und Jugendlichen kaum in irgendeinem Land funktionieren. Verhütung von sexueller Gewalt in Institutionen braucht einen Plan: ein Schutzkonzept. Für förderlich halten befragte Fachkräfte eine aktive Beteiligung von Kindern und Jugendlichen, wie es in diesem Fall nicht geschehen ist.«

Dr. Muller zeigte auf einen Großbildschirm, der hinter dem Podest an der Wand hing. Auf dem Screen erschien das Cover der aktuellen Ausgabe des Magazins. Es zeigte einen lachenden Mann mit zwei Jungen im Arm vor seinem großformatigen Selbstbildnis sitzen. Darunter der Titel:

›El tío alemán‹

»Dieser deutsche Onkel«, fuhr Muller fort, »verleiht Jungen für Geld an pädophile homosexuelle Männer. Dieser Mann, der hier mit seiner ganzen Insolenz vor einem überlebensgroßen Porträt seiner selbst posiert, der sich *Wohltäter und Vater der Straßenkinder von Buenos Aires* nennen lässt und das dann auch stolz verbreitet, ist der ehemalige Innenminister des Landes Sachsens, Doktor Martin Reinhardt – ein anthropomorphisches Wesen der abscheulichsten Art.«

Die Betroffenheit im Raum war spürbar. Nach Auffassung der Journaille war Reinhardt ein ausgetretener Pfad. Den Mann gab es für die Journalisten schon lange nicht mehr. Dass er nun mit einem Paukenschlag wieder aufgetaucht war, machte die Damen und Herren von der Presse sprachlos. Wäre die oft zitierte Stecknadel in diesem Moment zu Boden gefallen, man hätte sie hören können. Erst als sich beide Türen zum Konferenzraum öffneten und Hostessen begannen, den Andruck der heutigen Ausgabe des Magazins zu verteilen, wurde es wieder lebhafter. Hände reckten sich nach oben. Man wollte Fragen stellen.

Emmi und ich sahen uns an, sahen auf das Titelblatt, sahen uns wieder an. Emmi blätterte das Magazin durch und fing leise an zu lachen. Ein Lachen, das in Tränen überging. Aufgewühlt und sprachlos hielt sie die linke Hand vor ihren Mund. Ich saß da mit einem Gefühl, als sei ich in eine Parallelwelt getaucht. Dann legte Emmi ihren Kopf an meine Schulter und warf Eva, die mit ernster Miene zu uns hinunter sah, eine Kusshand zu. Noch nicht wieder ganz in der Realität angekommen machte ich es Emmi einfach nach. Eva lächelte. Sie wollte etwas sagen, doch das Mikrofon vor ihr war abgestellt. Sie ließ sich helfen, dann: »Ja, meine Damen und Herren, diese beiden, die mich gerade so lieb begrüßt haben, sind Emmi und Markus Berger, die letzten verbliebenen Freunde, die mir Reinhardt gelassen hat. Sie werden in der Ihnen soeben ausgehändigten Ausgabe noch einiges mehr über die beiden und ihre Freundschaft zu mir lesen.«

Dr. Muller deutete auf Eva. »Doktor Eva Wohlert-Neuss, meine Damen und Herren. Ohne ihre Hilfe hätte diese Artikelserie nicht erscheinen können. Dass diese so brillant geschrieben ist, geht auf das Konto der Dame neben ihr, der Schweizer Journalistin Lena Rochat. Beiden möchte ich hier von ganzem Herzen danken und sie an dieser Stelle willkommen heißen.« Er deutete auf den Mann in der Runde. »Und last, but not least unser Chefredakteur Hans Mahnke. Wer ihn nicht kennt, melde sich bitte.«

Gelächter erfüllte den Konferenzraum.

Hans Mahnke klopfte hörbar auf sein Mikrofon: »Na, det scheint ja zu funktionieren! – Ick sehe hier einige Kolleginnen und Kollegen, die nicht lachen. Habt wohl meine Lehrtätigkeit an der hiesigen Journalistenschule nicht jut verdaut.«

Wieder Gelächter.

»Meine Damen und Herren, liebe Kolleginnen und Kollegen«, fuhr Mahnke fort und sah auf seine Taschenuhr. »Es ist jetzt zehn Uhr morgens in Buenos Aires. In diesem Moment werden von einem renommierten argentinischen Rechtsanwaltsbüro die Beweise zu Lena Rochats Recherche über die Organisation ›Kinderhort‹ und das dazugehörige Kinderheim der Staatsanwaltschaft in Buenos Aires übergeben. Wir hoffen, dass die Festnahme des Direktors beider Einrichtungen, Doktor Martin Reinhardt, noch im Verlauf der Pressekonferenz erfolgen wird. Frau Doktor Wohlert-Neuss bitte.«

»Ja, das hoffe ich auch, Hans! Aber leider besteht auch die Gefahr, dass Doktor Reinhardt gewarnt wird. Er hat in der argentinischen Regierung *hochrangige* Freunde.« Eva trank einen Schluck Wasser aus dem Glas, das vor ihr stand. »Entschuldigen Sie bitte, bisschen trockene Luft hier drinnen. – Lena Rochat und ich lernten uns in einer Entzugsklinik in Buenos Aires kennen. Lena suchte im Auftrag von Chefredakteur Hans Mahnke nach alten Nazis. Ihm war zu Ohren gekommen, dass in der Guemes-Klinik ein fast einhundert Jahre alter Nazi läge, ehemaliger Stabsführer der Reichsjugendführung. Ich war mit einem Alkoholproblem Patientin in der Klinik.

109

War es Schicksal oder Zufall? – Nennen Sie es, wie Sie wollen. Lena und ich verstanden uns auf Anhieb und beide hatten wir ein Interesse an Doktor Reinhardt. Ich wollte sein Schuldbekenntnis für den Anschlag von 1995 und Lena ein Interview mit ihm. Also gingen wir auf die Suche, die eigentlich keine war. Doktor Reinhardt ist seit einigen Jahren in Argentinien eine nicht gerade unbekannte Persönlichkeit. Begehrter Rechtsanwalt in Regierungskreisen und Direktor einer Hilfsorganisation namens ›Kinderhort‹. Dazu Leiter des mit allem Komfort ausgestatteten Kinderheims für *niños habitantes de la calle* – für Kinder, die auf der Straße leben. Nun, es liegt mir fern, Ihnen hier einen Vortrag über Straßenkinder in Südamerika zu halten, aber Sie sollten wissen, dass über sechsundfünfzig Prozent von ihnen jede Nacht auf der Straße schlafen. Und wenn Kinder die Nacht auf der Straße verbringen, befinden sie sich in einer Situation äußerster Gefährdung. Zuerst gehen sie auf die Straße, um für die Familie Geld zu verdienen. Dann verbringen sie die eine oder andere Nacht auf der Straße, zum Beispiel weil sie nicht genug Geld verdient haben und sich nicht trauen, nach Hause zurückzukehren, oder weil man das verdiente Geld selbst ausgeben will, etwa für Drogen. So beginnen die Kinder, vor allen Dingen die Jungen, immer länger auf der Straße zu leben und sich zu prostituieren. Sie kehren immer seltener zurück nach Hause, bis sie den Kontakt zu ihrer Familie schließlich ganz aufgeben. Genau in diesem Milieu lässt Doktor Reinhardt suchen. Natürlich wird nicht jeder Junge genommen. Reinhardts Ansprüche sind hoch. Er lässt Jungen suchen, die sich ohnehin freiwillig Männern anbieten, also gleichgeschlechtliche Erfahrung haben und keine Drogen nehmen. Gutes Aussehen und eine konstante Bereitwilligkeit sind natürlich die Voraussetzung. Nach Lenas Recherche war es für Reinhardts *Anwerber* – nennen wir sie mal so – nicht einfach. Denn südamerikanische Straßenkinder sind von der Straße geprägt und lassen sich so leicht nicht einfangen. Erst als man den Jungen ein Video auf einem Handy zeigte, entwickelten sie Interesse.« Eva drehte sich zu dem Screen an der Wand. »Sehen Sie hier die ganze bigotte Pracht. Argentiniens exklusivstes Kinderheim.«

Wir sahen einen Gebäudekomplex mit fünf Häusern in einer märchenhaften Gartenanlage.

»Bis zu vierzig Mädchen und Jungen werden hier aufgenommen«, referierte Eva weiter. »In den ersten vier Häusern leben jeweils zehn gleichaltrige Kinder. Jedes hat ein eigenes Zimmer mit Bad und Toilette. In allen Häusern gibt es ein Restaurant, in dem die Mahlzeiten serviert werden und einen dem Kindesalter entsprechenden Unterricht, Spielräume, eine Bücherei oder auch einen Kindergarten. – Jetzt zum fünften Haus. Hier, sehen Sie.« Eva ging zum Bildschirm und tippte mit dem Zeigefinger auf ein Gebäude. »Dieses fünfte Haus, meine Damen und Herren, ist den Jungen vorbehalten, die an pädophile Männer vermietet werden. Die Einrichtung gleicht den vier anderen Häusern, hat aber zusätzlich eine spezielle Krankenstation. Hier werden die Jungen auf alle ansteckenden Krankheiten untersucht sowie von Läusen, Krätze, Pilzerkrankungen, infektiöse Hauterkrankungen befreit und auf HIV getestet. Danach, gut gepflegt, in die Betten der Kunden geschickt. Die *Ware* wird den Kunden direkt ins Hotel geliefert. Die Abnehmer sind gut situierte Männer wie Richter, hohe Beamte, Regierungsmitglieder, Kirchenmänner. Männer, die sich das Ausleben ihrer pädophilen Neigung finanziell leisten können und etwas kosten lassen. Für Stammkunden gibt es Ermäßigungen und Sonderangebote. Die Hotels sind eingeweiht und geben auf den Zimmerpreis Rabatt. Etwa fünfhundert Dollar zahlt der Kunde für eine Stunde mit einem Jungen seiner Wahl. Zweitausend Dollar für eine ganze Nacht. Das Geld geht auf ein sogenanntes *Benefizkonto*. Die Jungen bekommen pro Hotelbesuch tausend argentinische Peso, das sind umgerechnet rund fünfundzwanzig Dollar, im Heim ist natürlich alles unentgeltlich. Monatlich gehen etwa zwanzig bis dreißig Kundenanfragen ein. Die Jungen müssen bis zu drei Mal im Monat ihren Blow Job erledigen. Bewusst sage ich ›Blow Job‹, weil Analverkehr nicht gestattet wird. Was den Kundenkreis Gott sei Dank einschränkt. Unter den insgesamt zehn Jungen gibt es drei zwischen fünfzehn und siebzehn Jahren, denen der Analverkehr gestattet wurde. Sie sind homosexuell und bei kultivierten und ansprechenden Männern nicht abgeneigt. Das ist …«

Eine Hand hob sich.

»Ja bitte?«

»Cornelia Franke, ›Abendpost‹. Frau Doktor Wohlert-Neuss …«

Eva unterbrach die Journalistin. »Fragen bitte später! Lassen Sie uns das hier bitte erst zu Ende bringen«, sagte sie und fuhr fort. »Im Übrigen bedient sich auch Reinhardt dieser drei homosexuellen Jungen. Je älter Reinhardt wurde, umso mehr veränderte sich seine Bisexualität hin zur Gleichgeschlechtlichkeit. Das nur als Anmerkung. Das Ganze hat nun eine Pointe, die es in sich hat und uns, Lena Rochat und mich, völlig überrumpelte. Bitte, Lena.«

»Doktor Muller hat mich schon kurz vorgestellt. Hier noch ein paar Details. Wie gesagt, ich bin Lena Rochat, freie Journalistin, komme aus der französischsprachigen Schweiz, lebe in Argentinien und schreibe weltweit für mehrere Zeitschriften. Einige der hier anwesenden Kolleginnen und Kollegen kennen mich. Unsere Arbeit, die wir Journalisten leisten, wird immer am Rande des Mittelpunktes stehen. Das nur mal so nebenbei gesagt!«

Mahnke lachte: »Ja, da haste recht, Mädchen!«

»Bei unseren Recherchen tauchte immer wieder die Frage auf: Wie finanziert sich eigentlich dieses luxuriöse Kinderheim, dem Reinhardt vorsteht? Mit welchem Geld unterhält er die Organisation ›Kinderhort‹. Die Einnahmen durch die *Vermietung* der Jungen würden die Kosten nicht im Geringsten decken. Wir kamen mit unserer Recherche nicht weiter. Wichtige Einzelheiten fehlten uns, darunter war auch die Finanzierungsfrage, als Frau

Doktor Wohlert-Neuss von dem ältesten Jungen aus Haus fünf einen Zettel zugesteckt bekam, auf dem …«

Wieder meldete sich Cornelia Franke von der ›Abendpost‹ zu Wort.

»Fragen bitte später, Cornelia!«, raunzte Mahnke.

»Nee, jetzt!«, herrschte Cornelia Franke den Chefredakteur an.

»Immer noch die rotzige Sture?« Mahnke grinste übers ganze Gesicht. »Gut, eine Frage. Also bitte!«

»Frau Doktor Wohlert-Neuss, ich bekomme das hier nicht ganz zusammen. Ein Heimjunge steckt Ihnen einen Zettel zu? – Kannten Sie diesen Jungen, und wenn ja, woher kannten Sie ihn?«

»Ja, ich kannte ihn. Ich war die Ärztin im Haus fünf. Aber bitte, lassen Sie uns das Wie und Warum im Fragenteil klären, Frau Franke.«

»Dann sind *Sie* Frau Rochats Informantin?«

»Ja!«

»Cornelchen, nur eine Frage habe ich gesagt! Lass uns doch bitte weitermachen!«, knurrte Mahnke sie an.

»Moment, Hans! Eine kurze Erklärung«, meldete sich Eva zu Wort. »Wir wollten Reinhardt kriegen. Je mehr Lena Rochat über ihn und die Organisation ›Kinderhort‹ erfuhr, umso interessanter wurde die ganze Sache auch für mich. Dann kam die Gelegenheit. Die Organisation ›Kinderhort‹ suchte für ihr Heim einen Arzt. Mit gefälschten amtlichen Papieren, die man in Südamerika für viel Geld bekommt – für sehr viel Geld auch sehr schnell – wurde ich zu Doktor Eva Rogge. Eine nach

Argentinien eingewanderte deutsche Kinderärztin. Ich bewarb mich und wurde eingestellt. Klingt einfach, war es aber nicht, denn ich hatte Angst vor der Entdeckung meiner wahren Identität. Danke, Lena, für deine Geduld.«

Lena Rochat lächelte. »Gut, dann wäre das wohl auch geklärt. Also, auf dem bewussten Zettel stand eine deutsche Festnetznummer, die meine Freundin – sie ist nicht *nur* meine Informantin, verehrte Kollegin –, anrufen sollte.«

Mahnke grinste wieder.

»Frau Doktor *Eva Rogge* rief, zum eigenen Schutz, ebenfalls über das argentinische Festnetz die angegebene deutsche Telefonnummer an. Der Angerufene, namenlos, teilte ihr in einem gebrochenen Deutsch mit, Reinhardt habe in Berlin ein Juweliergeschäft, das mit Geldwäsche zu tun habe. Wenn sie interessiert sei, Näheres über dieses Geschäft zu erfahren, wolle er sich mit ihr treffen. Er würde sich wieder melden. Ab übermorgen sei er geschäftlich in Buenos Aires. Sie alle, liebe Kolleginnen und Kollegen, kennen ja diese anonymen Wichtigtuereien. Doch hier? Trotz seiner miserablen deutschen Aussprache bemerkte Eva einen Tonfall, der ihr bekannt vorkam. Sie war sich sicher, dass dieser Namenlose sein deutsches Gestammel nur vortäuschte. Aber egal wie es auch sein mochte, es gab keinen anderen Weg. Wir mussten herausfinden, ob da eine Verbindung zu unserer Recherche bestand und wenn ja, was dieser Namenlose wusste. Also gab Doktor *Eva Rogge* ihm die

Festnetznummer des Kinderheims. Bei Nachfragen des Pförtners, der die kleine Telefonvermittlung bediente und auch mithören konnte, sollte er sie mit Eva ansprechen und sich als Freund von Doktor Eva Rogge ausgeben. Er könne sie von morgens halb acht bis abends fünf Uhr im Heim erreichen. Kurz gesagt, er rief tatsächlich an, gab den Freund mit seiner Sprachfärbung und machte mit ihr einen Termin im exklusiven ›Faena Hotel‹ aus. Eine gewagte Location für einen Informanten, der Reinhardt in Argentinien an den Kragen will. Wir hatten von ihm immer noch keinen Namen, aber dafür einen Termin und seine Zimmernummer.

Den Namen unseres *Unbekannten* an der Hotelrezeption zu erfahren, war auch mit dem üblichen Rüberschieben von Geld nicht möglich. Die Person in Zimmer 280 sei inkognito hier, war die indignierte Auskunft der Rezeptionistin. Und sie habe auch nicht die Absicht, bestechlich zu werden.«

Lena Rochat sah Eva an. »Ich erinnere mich noch genau an deine Lache und deinen spontanen Ausruf, als die Rezeptionistin ihre Unbestechlichkeit erwähnte: ›Auch das noch, eine von den Ehrlichen Südamerikas.‹«

Eva lächelte zurück.

»Trotz Evas Alberei vor der Rezeption«, berichtete Lena Rochat weiter, »beschlich mich ein ungutes Gefühl, als wir mit dem Fahrstuhl in den zweiten Stock fuhren. Mit dem Vorsatz, unser Vorhaben durchzuziehen, egal wie, standen wir vor der Zimmertür 280 und ich war gar nicht mehr so sicher, ob wir uns bemerkbar machen sollten. Eva aber war fest entschlossen und sie setzte sich durch – klopfte. Die Zimmertür wurde geöffnet. Mein ungutes Gefühl hatte sich nicht getäuscht. Vor uns stand Doktor Jochen Marquardt, Martin Reinhardts ehemaliger Pressesprecher, Sekretär und Geliebter. Blitzartig sah ich unser aufgebautes Kartenhaus in sich zusammenfallen. Meine Recherche im Orkus verschwinden. Nicht nur *das*, ich hatte dabei auch Eva durch mein investigatives Recherchieren in Gefahr gebracht. Ein altes argentinisches Sprichwort fiel mir ein: *Wenn du ein Strohbündel hast, halte dich vom Feuer fern.* Doch meine Sorge schien unberechtigt. Nach ihrer Umarmung zu urteilen, kannten sich Eva und Jochen Marquardt.

Sehr viele Kolleginnen und Kollegen in diesem Raum kennen Jochen Marquardt oder haben schon von ihm gehört. Dieser gutaussehende brillante Journalist war alt geworden. Er hatte stark abgenommen und war ergraut. Dennoch ist er immer noch ein attraktiver Mann.«

Mahnke mischte sich wieder ein. »Lena, bitte ergehen Sie sich nicht in Einzelheiten! Marquardt ist unter Journalisten hinlänglich bekannt! Und dass er auch ein attraktiver Kerl ist, wissen wir. Auch wenn Marquardt eine mitreißende Vita hat und ein vaterländischer Antieuropäer *war*, ich betone hier bewusst *war*, sollten wir davon heute keinen Gebrauch machen! Bitte, komm wieder auf den Punkt, Mädchen. Die Kolleginnen und Kollegen möchten heute noch unser hervorragendes Büfett genießen.«

Lachen.

»Entschuldigen Sie bitte! Ich verrenne mich immer wieder in diesem Wust und glaube, ich müsse das alles bis ins kleinste Detail erklären. Ich finde das Ganze so ungeheuerlich. Aber gut, machen wir es kurz! In vielen Gesprächen erzählte uns Marquardt, dass Reinhardt dem ausgeklügelten Drogenschmuggel-System der ›Western Winds Airlines‹ von Léon Morales angehört. Martin Reinhardt sei nicht nur Direktor der Organisation ›Kinderhort‹, sondern war auch der Rechtsberater eben jener Fluggesellschaft und sei ein Freund des Drogenbarons Morales. Sie kannten sich aus Spanien. Im September vorigen Jahres wurden zwei Gepäckstücke mit neunzig Kilogramm Kokain auf einem Flug der ›Western Winds‹ von Buenos Aires nach Madrid gefunden. Die Ermittlungen der argentinischen Behörden führten dann vor einem Monat zur Verhaftung mehrerer Mitarbeiter der Fluglinie. Reinhardt und ›Western Winds‹ kamen unbeschadet davon. Die Chefetage der Fluggesellschaft tat ahnungslos. Reinhardt legte seine Tätigkeit bei ›Western Winds‹ nieder und wechselte zu einem der größten argentinischen Bauunternehmen. Dessen Chef ist mit Pedro Álvarez, dem argentinischen Präsidenten, seit dessen Amtszeit als Gouverneur von Santa Cruz befreundet. Nach Marquardts Angaben sei Reinhardt für das Geldwaschen bei ›Western Winds‹ verantwortlich gewesen. Marquardt vermutete, der Präsident wollte mit Reinhardts Wechsel in das Bauunternehmen seinen Freund aus der Schusslinie nehmen, falls ›Western Winds‹ ganz auffliegen sollte. Weiterhin erklärte uns Marquardt,

Reinhardt besäße in Berlin ein Juweliergeschäft, in dem Drogengelder gewaschen würden. Die Drogen kämen aus Kolumbien und würden über den Aeropuerto Adolfo Suárez Madrid-Barajas geschmuggelt und in ganz Europa verteilt. Das in Deutschland durch Drogen erworbene Geld würde in Reinhardts Berliner Juweliergeschäft zu Buchgeld gewaschen und in kleineren Summen über eine Schweizer Bank auf seine südamerikanischen Benefizkonten transferiert. Kurz und gut: Wie Sie sicherlich wissen, liebe Kolleginnen und Kollegen, dient Argentinien bereits seit Jahren den Kartellen als Transitstaat für den Drogenhandel. Kokain wird nach Europa und Heroin in die USA geschmuggelt. Die Geldwäsche erfolgt besonders in der Tri-Border-Area. Dazu kommt die Bestechlichkeit von Regierungsmitgliedern. Dies alles braucht eine Maskierung, eine Tarnung. Und die lieferte, so Marquardt, der Direktor Martin Reinhardt mit der Organisation ›Kinderhort‹ und dem Kinderheim perfekt. Reinhardts soziales Engagement sei reines Blendwerk. Er habe Jochen Marquardt enttäuscht und getäuscht. Alle sahen auf den *Nazi* Reinhardt. Im Besonderen die Medien. Und je genauer man auf den *Nazi* sah, je sicherer fühlte sich der *Geldwäscher* aus Sachsen. Eva, bitte!«

»Danke, Lena. Ich mache es kurz, meine Damen und Herren. In einer Viertelstunde können Sie Ihren Wein und Ihre Kanapees genießen. Sicherlich brennt Ihnen die Frage unter den Nägeln: Warum konsultierte Jochen Marquardt mich in Argentinien und das auch noch anonym in einem albernen Deutsch? Jochen leidet an einem inoperablen Hirntumor. Und ihm ist sehr bewusst, dass er bald sterben wird. Er hatte Angst. Angst vor Reinhardt, der von dem Tumor wusste und offenbar ahnte, dass sein ehemaliger Freund kurz vor seinem Tod reden wollte. Er wollte es tatsächlich, wie Reinhardt richtig vermutete. Und zwar mit mir! Jochen wusste von Doktor Delgado, einem gemeinsamen Freund, dass ich mich in Buenos Aires aufhielt. Jochen und ich kennen uns. Er hat mich als junger Journalist in meiner Berliner Zeit einmal interviewt und mich danach um ein privates Gespräch gebeten. Jochen hatte Schwierigkeiten mit seiner Homosexualität. Ich habe mit ihm zwei ausführliche Gespräche geführt. Ich riet ihm damals, sich zu seinem Schwulsein zu bekennen. Bei Problemen, die sich aus seinem Outing ergeben würden, stände ich ihm gerne zur Seite. Nach unseren *Berliner Gesprächen* hat sich Jochen nicht mehr bei mir gemeldet. Erst jetzt, vor einem Monat, habe ich ihn dann im ›Faena Hotel‹ in Buenos Aires wiedergesehen. Es hat mich 1996 umgehauen, als ich hörte, er sei mit Reinhardt befreundet und würde für ihn arbeiten.«

Ein Handy meldete sich mit der argentinischen Nationalhymne.

»Was soll das jetzt? Kinder, nun lasst mal eurer Zweithirn in der Tasche«, nörgelte Mahnke ins Mikrofon. »Eva, bitte!«

»Viele *Kunden* von Haus fünf hatten Lieblinge, die von ihnen immer wieder gebucht wurden. Daher fielen der Heimleitung die häufigen Buchungen des siebzehnjährigen Alejandro bei ein und demselben Kunden nicht weiter auf. Man war sogar darüber erfreut, dass dieser deutsche Señor Winkler – Olaf Winkler war Jochens Inkognito bei diesen Buchungen – diesen Jungen so häufig buchte. Denn Alejandro war für Haus fünf wertlos geworden. Der Junge wird demnächst achtzehn Jahre alt und muss das Heim verlassen. Er war zu alt für die pädophilen Kunden ...«

Eine Hand mit einem Handy erhob sich aus der Menge der Journalisten und eine Männerstimme rief: »Moment mal!«

Mahnke entgegnete leicht angesäuert: »Kollege, bitte, nicht jetzt! Wir haben das mit der Fragerei doch geklärt! Entschuldige die Unterbrechung, Eva.«

»Ich mache es jetzt wirklich kurz. Alejandro ist nicht irgendein Sexspielzeug für Jochen Marquardt. Die beiden lieben sich seit einem Jahr. Alejandro war der Überbringer der Telefonnummer, die ich in Deutschland anrufen sollte. Wenn sie über ihn mehr wissen wollen ...«

Der Journalist erhob sich. »Nicolás Cortes, Deutschlandkorrespondent der argentinischen Zeitung ›Página/12‹.«

Lena Rochat schaltete ihr Mikrofon ein. »Nicolás, was soll das? Was wird das hier? Wieder ein Statement für deine argentinische Regierung, für Präsident Álvarez? Einer Regierung, der die Pressefreiheit am Hintern vorbeigeht? Einer Regierung, die in den Drogenskandal der ›Western Winds‹ verwickelt ist, die sämtliche Mitglieder des argentinischen Obergerichtshofs durch regierungsfreundlich gesinnte Richter ersetzen ließ, die Oppositionsabgeordnete kauft? Willst du diese Regierung tatsächlich hier verteidigen?«

»Werde nicht albern, Lena!«

»Albern? Ich? Seit Álvarez' Machtantritt macht ihr doch auf Regierungszeitung, die die Álvarez-Regierung übermäßig positiv beschreibt. Denk doch mal an Julio, dessen regierungskritischer Artikel der Selbstzensur eurer Konzernführung zum Opfer fiel.«

Jetzt schaltete Mahnke sich wieder ein. »Was ihr beide miteinander habt, ist mir ziemlich schnuppe. Aber euch zur Erinnerung: Dieses hier ist meine Pressekonferenz und kein internationaler Gerichtshof. Also, Nicolás, sagen Sie uns kurz, was sie bedrückt!«

Cortes hielt immer noch sein Handy hoch. »Das hier ist das argentinische Passfoto von Doktor Martin Reinhardt. Wie mir meine Chefredaktion soeben mitgeteilt hat, wurde Reinhardt nach Aussagen der kubanischen Polícia Especializada gestern in einem Luxushotel auf der Insel Cayo Coco erschossen aufgefunden. Wie die kubanische Polizei weiterhin erklärte, sei der Mord an Reinhardt eine rituelle Tötung gewesen. Ein deutscher Urlauber, ein Industrieller aus Bayern, habe Reinhardt im tropischen Garten des Hotels ›Finca Tropical‹ in Reinhardts Swimmingpool leblos aufgefunden.«

Chefredakteur Mahnke, für seine unüberbietbare Gelassenheit und seinen drastischen Humor bekannt, blieb auch in diesem Moment die Ruhe selbst. »Na, det is ja hinreißend! Liefert uns der olle Nazi och noch die Pointe. Also, Kolleginnen und Kollegen, gern dürfen Sie aus unserem Magazin zitieren – aber det bitte mit Quellenangabe. – So, dann haut mal in die Tasten.«

Mahnke hatte sein letztes Wort noch nicht ganz ausgesprochen, da startete im Konferenzraum eine Flut an internationaler Kommunikation. Einige der Pressevertreter schrieben Mitteilungen, andere verließen telefonierend den Raum. Mehrere der Zeitungsleute umringten Nicolás Cortes von ›Página/12‹ und hielten ihm ihr Handy entgegen. Die Pressekonferenz versank in ein babylonisches Sprachengewirr. Und in dieses Gewirr hinein brüllte Mahnke amüsiert ins Mikrofon: »Wer meint, er habe noch Zeit für Wein und Häppchen – beides wartet auf euch im Zimmer nebenan.«

11. Kapitel

4. März 2003

Emmi trifft Jochen Marquardt

Der ehemalige Innenminister Sachsens, Doktor Martin Reinhardt, wurde auf Cuba erschossen! Diese Information des argentinischen Korrespondenten von ›Página/12‹, Nicolás Cortes, machte die Pressekonferenz innerhalb von Sekunden zum reinsten Chaos. Fasziniert sahen wir uns das Durcheinander an, ohne richtig zu begreifen, was uns der Argentinier da gerade mitgeteilt hatte. Die vier, die der Pressekonferenz vorstanden, schien die Nachricht von Reinhardts Ermordung nicht aus der Ruhe zu bringen. Muller unterhielt sich mit Lena Rochat, Mahnke schwätzte lächelnd mit Eva. So als wäre der Mord an einem kriminellen deutschen Landesinnenministers a. D. Pressealltag.

Ein leger gekleideter, gut aussehender, grauhaariger Mann betrat das Podium. Er ging auf Lena Rochat und Eva zu. Beide erhoben sich von ihren Stühlen und umarmten ihn. Danach begrüßte er mit Handschlag Verlagsleiter Muller und Chefredakteur Mahnke. Wobei Mahnke ihn an sich zog, und ihm lachend auf die Schulter klopfte. Einige der Pressevertreter sahen sich die Szenerie überrascht an und wollten Fragen stellen. Doch Mahnke winkte ab und kam zu uns.

»Ick bin hier die Seele von dem janzen Zirkus – Hans Mahnke, juten Tag.«

Auch wir stellten uns vor.

»Sie sind also die Freunde von Eddy Schön?« Mahnke sah Emmi und mich an. »Ick hab den Eddy Schön in meiner Zeit als taufrischer Reporter interviewen dürfen. Der war damals ne Kultfigur in der Travestieszene. – Ja, der Eddy, det war schon ne dicke Nummer!«

Mahnke bat uns schließlich in sein Büro. Ging voraus und fragte ganz nebenbei, ob wir Zeit mitgebracht hätten. »Jochen Marquardt möchte Sie, Frau Berger, und Ihren Mann kennenlernen. – Er hat Ihnen einiges zu erklären.«

Emmi sah Mahnke empört an. »Dieser Nazi hat mir todsicher nichts zu erklären! Aber wenn *Sie* über sein Stöckchen springen wollen, soll *mir* das recht sein, Verehrtester.« Emmi drehte sich um und wollte gehen.

»Nun ma sachte mit die jungen Pferde, Frau Berger! Dit mit dem Nazi lassen Se ma! Marquardt ist schon vor langer Zeit zur Demokratie konvertiert.« Mahnke wurde hochdeutsch und energisch. »Und wenn es Sie wirklich interessiert, was im August 1995 passiert ist, dann kommen Sie mit und hören sich an, was Marquardt Ihnen beiden zu sagen hat.«

Emmi zögerte. Böttcher schaltete sich ein. Mit nur einem Satz schaffte er es, Emmi zu überzeugen, Marquardt anzuhören: »Wer Negatives in seiner Vergangenheit nicht abhandeln und korrigieren will, Emmi, der muss sich nicht wundern, wenn ihn die Vergangenheit immer wieder einholt.«

Wir betraten einen Raum mit der Atmosphäre eines alten englischen Herrenzimmers. Der Kronleuchter prunkvoll mit Prismen aus Glas reich verziert. Die Wände mit einer dunkelgrünen, im Landhausstil gehaltenen Stofftapete bespannt. Alte Gemälde in Goldrahmen gefasst zeigten Pferde mit und ohne Reiter. Der Kamin, der antike Bücherschrank, eine alte Pendeluhr und die zwei Chesterfield-Sitzgarnituren mit kleinen ovalen Beistelltischen gaben dem Raum eine besonders behagliche Note.

»So viel Geschmack hätte ich Mahnke nicht zugetraut. Das reine Wohlfühlambiente«, flüsterte Anne mir zu.

Mahnke, der anscheinend Annes Flüsterei gehört hatte, drehte sich zu uns um, lächelte und flüsterte ebenfalls zurück: »*Wie Menschen denken und leben, so bauen und wohnen sie*, sacht der olle Herder!«

An der Bar in der Nähe des Kamins unterhielten sich bereits Eva, Lena Rochat, Dr. Muller und Jochen Marquardt. Sie waren vorausgegangen, als Mahnke uns im VIP-Bereich begrüßte.

»Kommen Sie, ich mache Sie mal bekannt. – Lena Rochat, freie Journalistin. Frau Doktor Wohlert-Neuss, die brauch ick Ihnen ja nich vorzustellen, kennen Se ja. Doktor Muller, unser Verlagsleiter. Und last, but not least, Doktor Jochen Marquardt, der war ma mein Musterschüler.«

Wir gaben Dr. Muller und Lena Rochat die Hand, wechselten mit beiden ein paar Worte und umarmten Eva. Bis auf Emmi, die demonstrativ auf Distanz ging, wurde auch Jochen Marquardt von uns mit einem Händedruck begrüßt. Man merkte es Mahnke an, er unterdrückte einen Kommentar zu Emmis Verhalten und stellte sich unmissverständlich an die Seite von Jochen Marquardt, der sich wortlos in die Situation fügte.

Das sekundenlange Schweigen wurde unerträglich. Schließlich unterbrach Mahnke den in sich gekehrten Zustand. »Wäre es nicht an der Zeit, sich anzuhören, was uns Jochen Marquardt zu sagen hat?«

»Sie scheinen ja eine hohe Meinung von Herrn Marquardt zu haben«, spöttelte Emmi missgestimmt weiter.

»Als Journalist muss man sich die Gelassenheit leisten, über *niemanden* eine Meinung zu haben, verehrte Frau Berger. Also setzen wir uns. – Müllerchen, Kaffee bitte!«, brüllte Mahnke durch die offene Tür ins Sekretariat. »Wer watt Härteres braucht, die Bar ist auf. – Jut, ick hab nun alles jesacht. Dann wolln wer mal. Leg ma los, Jochen!«

»Zwei Tage vor Evas Flug nach Hamburg zu dieser Presskonferenz haben sich Eva und ich in Madrid getroffen«, begann Jochen Marquardt seine Erklärung. »Es war mein Wunsch! Ich kenne Evas Geschichte. Hatte sie ja von Doktor Delgado gehört und wollte in Madrid das zu Ende bringen, was ich in Buenos Aires nicht ganz beendet hatte. Das Gestern ins Reine bringen, ad acta legen. Ich weiß, ich werde sterben. Sehr bald sogar. Ich habe gegen den Tumor gekämpft. Habe mich mit dem Tumor arrangiert. Wenn du mir nichts tust, tue ich dir auch nichts. Monate voller Hoffnung. Nicht das kleinste Licht am Ende des Tunnels habe ich aus den Augen gelassen.« Er lächelte uns an und zitierte Sartre. »*Und mit der Hoffnungslosigkeit beginnt der wahre Optimismus: der Optimismus dessen, der nichts mehr erwartet.* Jahre habe ich gebraucht, um zu begreifen, dass Martin sein Selbstwertgefühl darüber bezog, andere abzuwerten, zu erniedrigen und kleinzumachen.«

»Ein *wahrer* Freund«, meinte Lena Rochat.

Marquardt musste lachen. »Die *wahren* Freunde dieses Menschen sitzen in Argentinien. Abscheu habe ich empfunden, als mir Martin die Geschichte über das Wochenende im August 1995 erzählte. Was Martin damals, Mitte August 1995, Sorge bereitete, war weder der Liebesbrief, den er vor Jahren an einen Pianospieler geschrieben hatte noch die Erpressung mit diesem Brief. Das hatte er im Griff. Sorge bereitete ihm eine Frau, die in der Theaterbar von Eddy Schön verkehrte. Er hatte erfahren, dass sie eine englische Autorin und freie Journalistin für Politik und Gesellschaft sei und an einem Beitrag für ›The London Times‹ über die Ewiggestrigen Ostdeutschlands, über Reinhardt als Vorsitzenden des FNB und über seine Freundschaft zu dem Drogenbaron Morales arbeitete. Ich glaube, sie hieß Evans.«

»Abigail Evans?«, fragte Lena Rochat interessiert.

»Abigail Evans – richtig, so nannte Martin sie. Sie war eine gute Freundin des Barbesitzers Schön. Beide kannten sich aus London, wo Schön in einem Nachtklub monatelang als *Cassandre* auftrat. Diese Evans hatte sich in der Bar mit dem Neffen eines Oberkommissars Kröger angefreundet«, fuhr er fort. »Krögers Neffe war israelischer Staatsbürger. Er hieß, Moment …« Jochen Marquardt fasste sich an den Kopf.

»Josh Mandelsperger«, half ihm Eva.

»Danke, Eva. Genau, doch in der Bar nannten sie ihn Rita.«

»Und Reinhardt wusste von diesem Artikel?«, fragte Lena.

»Ja.«

»Und wer hat ihm dit jesteckt?«

»Reinhardts Frau, Hans.«

»*Seine Frau*?« Lena Rochat sah Jochen Marquardt überrascht an.

»Richtig, Lena. Seine *ungeliebte Schlampampe*, wie Martin seine Frau Freya abfällig nannte. Martin witzelte immer wieder, Freya habe auf ihrer Hochzeit den Trinkspruch ihres Vaters allzu ernst genommen. *Ihr seid nun eins, ihr beiden. Trinkt auf der Freude Dauer.* Freya wurde für Martins Zukunft, für seine politische Karriere und vor allen Dingen für seine argentinischen Geschäfte zu einem zunehmenden Risiko. Ihr Weg in die Sucht begann harmlos. Doch je mehr sie über ihren Mann erfuhr, je mehr trank sie. Sie wollte sich scheiden lassen. Was Martin ihr verweigerte. Eine Scheidung würde zu viel Wirbel machen. Und den konnte er nun wirklich nicht gebrauchen. Sie fing an, ihn zu erpressen.«

»Wahrscheinlich mit den Leichen aus Reinhardts Nazikeller«, meinte Mahnke lachend.

»Nicht nur damit. Auch mit dem, was in Buenos Aires vor sich ging. Martin war ab 1983 immer mal wieder

Berater seines argentinischen Nazifreundes Léon Morales. Morales, geboren in Barcelona, Faschist und Mitglied der ehemaligen spanischen Staatspartei Falange, blieb bis zu der bemerkenswerten Fernsehansprache von Juan Carlos im Februar 1981 spanischer Staatsbürger. Doch die Rede des Königs beendete seine Hoffnungen, dass der Franquismus an der politischen Macht bleiben würde. Er hatte vergeblich auf den Putschversuch des franquistischen Militärs vom 23. Februar 1981 gesetzt. Morales erkannte, dass mit der alten faschistischen Politik in Spanien kein Blumentopf mehr zu gewinnen war. Er wanderte nach Argentinien aus und beantragte dort die Einbürgerung. Ausschlaggebend dafür war seine Verehrung für den verstorbenen argentinischen Präsidenten Perón. Juan Domingo Perón war ein Bewunderer des europäischen Faschismus und der Franco-Diktatur. Ende der Achtzigerjahre machten im Süden Lateinamerikas Neonazis von sich reden. Kleine, bislang isoliert agierende Gruppen wollten nun länderübergreifend zusammenarbeiten. Um diese Kooperation zu unterstützen, brauchten die reaktionären Kräfte Argentiniens Geld. Was lag da näher als der Drogenhandel? Die halbe Welt kiffte, schniefte und spritzte. Morales wurde Drogenhändler. Um die Drogengelder effektiv zu kaschieren, kaufte Léon Morales Anfang des Jahres 1990 mit Geldern aus seinem Unternehmen ein heruntergekommenes Heim und ließ es luxusrenovieren. Eva hat es uns in der Pressekonferenz vorgestellt. Zur gleichen Zeit kaufte Martin auf Wunsch und mit dem Geld von Morales ein Juweliergeschäft in Berlin und machte dieses zu einer weiteren europäischen Einrichtung für Morales' Geldwäsche. Der Laden war Martins Einstieg in das Drogengeschäft. So wurden aus weltweit legal agierenden Handelsunternehmen, dem Heim und der Organisation ›Kinderhort‹ peu à peu *die* Geldwaschzentralen des Drogenbarons.«

»Und Finanzierer der südamerikanischen Neonazis.«

»Richtig, Lena. Und das mithilfe von Martin und seinen Kontakten. Sie reichten weit hinein bis in die argentinische Regierung.«

Emmi trank einen Schluck Kaffee und sah Marquardt über den Tassenrand an. »Und so einen Menschen, der mit Drogen die Jugend süchtig und kaputt macht, der mit Geldern aus dem Verkauf dieser Drogen Nazis finanziert, so jemanden konnten Sie lieben?«

Mit einem knappen »Ja!« beantwortete Marquardt Emmis provokante Frage.

»Det mit der Liebe, Frau Berger, ist och so'n Problem, wat der olle Marx nicht knacken konnte.«

Außer bei Emmi löste Mahnkes Bemerkung bei uns allen Heiterkeit aus. Emmi, unberührt von dieser scherzhaften Äußerung, provozierte weiter: »Warum ist Reinhardt überhaupt aus Ostdeutschland abgehauen? Der war in diesem Nazi-Nostalgiker-Paradies doch so sicher wie in Abrahams Schoß?«

»Frau Berger, bitte keine Pauschalierungen«, raunzte Mahnke Emmi an.

Marquardt überhörte Emmis Angriff und bissigen Ton. Seine Selbstbeherrschung war beeindruckend.

»Nach dieser Radiogeschichte«, fuhr er fort, »war Martin klar, dass sich die Presse wieder auf ihn einschießen würde, und in Argentinien taten sich für ihn *große Dinge.*«

»*Große Dinge?* Dass ich nicht lache! Mit Drogen und der Nazischeiße die Welt versauen! Aber was rege ich mich hier eigentlich auf? Gefühllose Kreaturen, wie dieser Reinhardt einer war, haben eben keine humane Gesinnung. Die kennen nur ihre eigenen Ziele.« Emmi sah mich an. »Wie oft, Markus, haben wir stumm dagesessen mit dieser Traurigkeit, diesem intensiven Gefühl, dass dir die Augen brennen, dich ein dumpfer Schmerz benebelt und die Trauer den Alltag beherrscht? Konnten wir in diesem Stadium weinen, hat es uns wenigstens ein wenig Erleichterung verschafft. Danach wieder die große Leere. Das Loch war so tief, in das wir nach dem Verlust unserer Freunde immer wieder fielen, Liebster.« Emmi hatte Tränen in den Augen. Sie strich mir über die Wange. »Ich glaube, es ist an der Zeit zu gehen!«

Die Betroffenheit war fühlbar. Ohne uns zu verabschieden, erhoben Emmi und ich uns und gingen. Emmi hat niemals wieder über das Zusammentreffen in dem Hamburger Verlagshaus gesprochen. Sie wollte kein Erklären mehr für das Verbrechen vom August 1995. »Das hätte meine Trauer nicht erträglicher gemacht«, sagte sie.

12. Kapitel

So war zu lesen …

Jochen Marquardt äußerte in einem Interview: »Mein Verhalten war falsch. Es hat lange gedauert, bis ich das vollständig realisiert habe und zugeben musste, dass jeglicher Kontakt mit Doktor Reinhardt ethisch und menschlich nicht zu rechtfertigen ist.«

Weiterhin erklärte der ehemalige Pressesprecher und Sekretär des ermordeten sächsischen Innenministers a. D., Dr. Martin Reinhardt, dass der Bombenanschlag auf die Bar der englischen Journalistin Abigail Evans galt. Diese sei im Begriff gewesen, über Reinhardts Aktivitäten in der deutsch-argentinischen Drogen- und Naziszene berichten zu wollen. Der Inhaber der Bar war ein Freund von Evans. In der Zeit ihrer Recherche habe sie bei ihm gewohnt und ihren Artikel geschrieben.

***

Ein Generalbundesanwalt a. D. packt aus

Für eine der bedeutendsten Aufdeckungen im Bereich der Parteienverstrickung in dem gewaltorientierten Teil des Rechtsextremismus hält der Generalbundesanwalt a. D. Dr. Hartmut Freiberg derzeit den Fall Reinhardt.

Eine Woche nach dem Anschlag im August 1995 sei das LKA Sachsen zwei Männern aus der rechtsextremistischen Szene auf die Spur gekommen, berichtete der ehemalige Generalbundesanwalt Dr. Freiberg. In ihrer Wohnung fanden sich Beweisstücke dafür, dass die Bombe für den Anschlag dort geplant und gebaut wurde. Unter dem Druck des LKA sagten die beiden Täter aus, ihr Auftraggeber für den Anschlag sowie die Morde an dem Israeli Josh Mandelsperger und dem Polizeioberkommissar Kröger sei der Vorsitzende des FNB, Dr. Martin Reinhardt, gewesen.

Die frühere Präsidentin des LKA, Dr. Marianne Hillen (CSP), und spätere Justizministerin in der rechtskonservativen Landesregierung Sachsen habe auf Anweisung des damaligen Innenministers Hans Franke (CSP) das Beweismaterial und die Aussagen der Täter vernichten lassen. Mit einem gefälschten Gutachten habe man sich dann im LKA entschlossen – trotz erheblicher Bedenken des LKA-Vizepräsidenten –, die Legende von einer Gasexplosion öffentlich zu machen. *Im Kellerbereich der Bar habe wohl eine brennende Zigarette das Inferno ausgelöst,* so hieß es damals. Mit dem Vernichten der Beweisstücke und dem Löschen der Täteraussagen habe man Dr. Martin Reinhardt (FNB) schützen wollen. Auch der Parteivorsitzende der sächsischen CSP, Dr. Hans Seefelder, wollte ein Dreivierteljahr vor der Landtagswahl keinen Skandal um Dr. Reinhardt, seinem zukünftigen Koalitionspartner. Um die Legende von der *Gasexplosion* nicht auffliegen zu lassen, wurden die Täter Ende August 1995 ohne gerichtliches Verfahren aus der Haft entlassen.

***

Wie die Presseagentur dpa heute berichtet, sei aus Kreisen pensionierter LKA-Beamter zu erfahren, dass es vor der Haftentlassung eine Schweigevereinbarung und einen Deal zwischen den Tätern und dem LKA gegeben habe. Nach heutigem Stand der Untersuchungen soll einer der beiden Täter nach seiner Entlassung im Auftrag des Verfassungsschutzes in der PdL (Partei der Linken) als V-Mann tätig gewesen sein. Er wurde gestern verhaftet. Wie dpa weiter berichtet, befände sich der zweite Bombenleger auf Cuba. Er sei einer von vier Bühnentechnikern bei ›Bailo por Cuba‹, einem kubanischen Musical, das für eine kurze Zeit auf Cayo Coco gastiert. Laut der cubanischen *Policía Especializada* heißt der Festgenommene Max Meißner. Nach Aussagen der *Policía* habe er den Mord an Dr. Reinhardt gestanden.

Wie uns ein bolivianischer Korrespondent aus Havanna berichtet, schreibt dpa weiter, habe der heute sechsundzwanzigjährige Max Meißner als Grund für seine Tat angegeben, im Auftrag des Ermordeten 1995 einen Bombenanschlag in Deutschland geplant und ausgeführt zu haben. Meißner sei damals achtzehn Jahre alt gewesen und habe den Versprechungen Reinhardts geglaubt. Vor drei Tagen habe er Reinhardt auf Cayo Coco vor der ›Finca Tropical‹ wiedergetroffen und habe ihn an die nicht eingehaltenen Zusagen erinnert. Ausgelacht habe Reinhardt ihn und ihn als *Gusano*, als Wurm, beschimpft. Meißner sei danach so wütend gewesen, dass er gegen vier Uhr morgens, nach dem Abbau der Bühne, Reinhardts Bungalow aufgesucht habe, um dort eine selbstgefertigte Nazifahne aufzuhängen. Als er nach einem geeigneten Platz suchte, um die Fahne gut sichtbar anzubringen, habe er die offene Terrassentür entdeckt und den Bungalow betreten. Reinhardt habe im Bett gelegen, leise Musik gehört und gelesen. Als dieser Meißner erblickte, habe er sofort die Nachttischschublade geöffnet, eine Pistole herausgeholt und sie auf Meißner gerichtet: »Wenn du zu mir ins Bett kommen willst, lege ich das Ding wieder zurück. Wenn nicht, dann hau ab!«, habe er Meißner angebrüllt, dem in diesem Moment die Vergangenheit wieder hochgekommen sei. Er habe Reinhardt die Pistole mit der Fahne aus der Hand geschlagen, die Musik lauter gedreht, sich die Waffe gegriffen, geschossen und Reinhardt danach nackt in den Pool geworfen. »Mir war dann sofort klar, wo genau ich die Nazifahne sichtbar anbringen konnte.« Er habe das schnell hinkriegen müssen, weil ein wütender Mann im Bademantel auf den Bungalow zugerannt kam – wohl der lauten Musik wegen.

***

Auszug aus einer Meldung der deutschsprachigen Ausgabe von
›Granma Internacional‹, einer kubanischen Tageszeitung:

»Die sehr laute Musik hat mich aus dem Schlaf gerissen«, erzählte uns der deutsche Unternehmer. »Ich habe zwar eine Schwäche für Richard Wagners ›Götterdämmerung‹, aber um vier Uhr morgens mit ›Siegfrieds Trauermarsch‹ unsanft geweckt zu werden, das ging nun wirklich über das Maß meiner Verehrung hinaus. Ich habe mir meinen Bademantel übergeworfen und bin zu dem Bungalow des sächsischen Innenministers a. D. gelaufen, um ihn wegen der lauten Musik zur Rede zu stellen. Dort habe ich Dr. Reinhardt in seinem Pool, nackt und bäuchlings auf dem Wasser liegend, vorgefunden. In seinem After steckte ein Holzstab. An ihm war ein rotes Stück Stoff befestigt, auf dem in einem weißen Kreis mit schwarzer Farbe ein primitives Hakenkreuz gemalt war.«

***

Der Parteivorsitzende der CSP Sachsen und Innenminister der
Bundesrepublik Deutschland, Dr. Hans Seefelder, äußert sich
(Auszug aus einem Fernsehinterview):

»Guten Abend, Herr Minister.«
»Guten Abend, Frau Goszka.«

Mit einem Lächeln begann Moderatorin, Susanne Goszka, die ihre Gäste ruhig und konzentriert zu interviewen pflegt, das Gespräch mit Bundesinnenminister Dr. Hans Seefelder.

»Herr Minister, ›Der Fall Reinhardt‹, eine Artikelserie, die in einer großen deutschen Illustrierten erscheint, hat in diesen Tagen Aufregung und Empörung in der Republik ausgelöst. Das Interesse dieser Empörung gilt besonders der Einlassung des Generalbundesanwalts a. D. Doktor Freiberg. In den heutigen Aufmachern der Printmedien und in den Meldungen der Agenturen beschuldigt Doktor Freiberg abermals Sie, die sächsische CSP von 1995 und die damalige sächsische Landesregierung der *skrupellosen Machenschaften*. Sollten sich die Äußerungen des ehemaligen Generalbundesanwalts bewahrheiten, wären die Geschehnisse von 1995 dann das Aus für ihre Partei?«

»Nun mal sachte, Frau Goszka! Nur *die* Sachen sind verloren, die man nicht aufgibt. Die Behauptung, die sächsische CSP von 1995 sei unter meinem Vorsitz in *skrupellose Machenschaften* verwickelt gewesen, entbehrt jedweder Grundlage. Die Aussagen Freibergs beruhen allein auf den haarsträubenden Einlassungen dieses Doktor Marquardt, ehemaliger Pressesprecher von Doktor Reinhardt. Laut dieser Artikelserie habe Doktor Reinhardt seinem *Freund* Marquardt diesen unglaublichen Unsinn *in einer schwachen Stunde* gebeichtet. Wie man weiß, leidet Doktor Marquardt an einem inoperablen Hirntumor. Der Vorwurf, Doktor Reinhardt habe 1995 eine

Bar in die Luft sprengen lassen, ist das Fantasiegebilde eines klugen, aber bedauerlicherweise kranken Hirns. Der Tumor macht ... «

»Moment, Herr Minister. Nicht nur Doktor Marquardt, auch der Attentäter, der auf Cuba Doktor Reinhardt erschossen haben soll, behauptet, dass ... «

»Papperlapapp! Das sind doch alles Kopfgeburten, Frau Goszka. Wir haben im Osten demnächst Wahlen und dieser Ex-Generalbundesanwalt ist ein linientreuer Sozi. Er will offensichtlich seiner Partei im Wahlkampf helfen. Und diese Kriminalbeamten? Gott, die wollten vielleicht mal in die Zeitung. – Was weiß ich, was die geritten hat! Bei politischen Diffamien kommen doch immer die Ratten aus ihren Löchern und müssen sich zu jedem Mist äußern, um ihre kleine Wichtigkeit zur Darstellung zu bringen. So etwas kennen Sie doch auch.«

»Herr Minister, ich rede jetzt über die Einlassung des zweiten Attentäters, der in Cuba einsitzt.«

»Ich habe mit dem kubanischen Botschafter in Berlin gesprochen. Wie mir der Botschafter versicherte, habe dieser südamerikanische Korrespondent der dpa offensichtlich einen Bären aufgebunden. Meißner gehöre der *Partido Comunista de Cuba* an und habe Reinhardt erschossen, weil dieser Nationalsozialist sei. Darum auch die Hakenkreuzfahne in seinem Anus.«

»Aber Meißner hat ...«

»Ach, Frau Goszka, nun kommen Sie mir doch nicht schon wieder mit diesem karibischen Schönwetterkommunisten. Bleiben wir doch an der Quelle dieser kriminellen Ehrabschneiderei. Und die Quelle ist nun einmal Doktor Marquardt. Dieser Tumor macht ihm offensichtlich sehr zu schaffen. Ich betone daher noch einmal, es gab und gibt keine Legende! Auch keinen Deal des LKA mit rechtsextremistischen Verbrechern oder gar mit der 1995 in Sachsen regierenden CSP. Und somit, Frau Goszka, gibt es für die CSP auch keinen ›Fall Reinhardt‹. Ich sage es hier in aller Schärfe und Deutlichkeit noch einmal: Die entsetzliche Katastrophe vom August 1995 war, ist und bleibt eine Gasexplosion. Alles andere ist Quatsch! Der damalige Vorsitzende des FNB und spätere Innenminister des Freistaates Sachsen, Doktor Reinhardt, habe wissentlich wegen einer übereifrigen Journalistin eine Theaterbar in die Luft sprengen lassen, in der sich auch seine Frau befand, und das LKA habe mit Wissen der CSP diese Ungeheuerlichkeit wegen einer Koalitionsaussage zu Gunsten des FNB als Gasexplosion deklariert, ist eine perfide Unterstellung! Ich bin auf das Höchste verärgert über die jeder Beweise entbehrende Darlegung des ehemaligen Generalbundesanwalts Doktor Freiberg. Ein unverantwortliches Verhalten eines im Staatsdienst tätig gewesenen Juristen.«

»Hat diese Offenlegung Konsequenzen für Doktor Freiberg?«

»Man denkt über eine Verleumdungsklage nach. Und entschuldigen Sie bitte, wenn ich Sie korrigiere, Frau Goszka. Es handelt sich hier nicht um eine Offenlegung. Es handelt sich schlicht und ergreifend um die Unwahrheit.«

»Ist der Suizid der ehemaligen LKA-Chefin, Doktor Marianne Hillen, nicht der Beweis dafür, dass Doktor Freiberg den wahren Sachverhalt wiedergegeben hat?«

»Nein, und noch einmal nein! Ich bedauere den Freitod von Frau Doktor Hillen sehr. Er hätte nicht sein müssen! Sie ist das erste Opfer einer Intrige innerhalb der Bundesanwaltschaft!«

»Herr Minister, ist das Ihr Ernst? Eine Intrige in der Bundesanwaltschaft?«

»Ja, mein bitterer Ernst! Wir haben es hier mit einer hochbrisanten Justizaffäre zu tun. Hervorgerufen durch den ehemaligen Generalbundesanwalt Doktor Freiberg.«

»Gut. – Was wussten Sie über Doktor Reinhardts Homosexualität?«

Es folgte sein bekanntes hektisches Schulterzucken mit dem dazugehörigen abgehackten Lachen. »Ob ich wusste, dass Doktor Reinhardt am anderen Ufer geparkt hatte?« Wieder dieses schüttelnde Lachen. »Mich interessierte an ihm seine hohe fachliche Kompetenz und nicht, von welchem Geschlecht er die Lenden bevorzugte. Hören Sie, Doktor Reinhardt und ich haben vieles geteilt«, ein breites Grinsen lief über das Gesicht des Sachsen, »aber nicht das Bett.«

»Was passiert jetzt mit dem Verstorbenen? Befindet er sich noch auf Cuba?«

»Nein, er ist nach Argentinien überführt worden. Wie Sie sicherlich wissen, war Doktor Reinhardt deutsch-argentinischer Staatsbürger! Auf Bitten des FNB habe ich mit dem argentinischen Botschafter vereinbart, den ...«

»Deutsch-argentinischer Staatsbürger? Der Besitz einer doppelten Staatsbürgerschaft in Argentinien ist doch nur auf die europäischen Länder beschränkt, mit denen Argentinien ein bilaterales Abkommen unterhält, wie zum Beispiel Spanien und Italien. Soviel ich weiß, gilt das nicht für Deutschland.«

»Nun lassen Sie mich doch ausreden, Frau Goszka! Das ist doch momentan völlig unwichtig. Wie gesagt, ich habe auf Bitten des FNB mit dem argentinischen Botschafter vereinbart, den Verstorbenen nach Deutschland zu überführen und von seiner ehemaligen Partei begraben zu lassen. Mehr kann die Regierung nicht tun.«

»Kein Staatsbegräbnis?«

»Nein.«

»Anderes Thema: In Ostdeutschland stehen Wahlen an. Werden Sie mit dem FNB trotz des Falls Reinhardt über Koalitionen nachdenken?«

»Natürlich werden wir nach den anstehenden drei Landtagswahlen in Ostdeutschland auch über Koalitionsmöglichkeiten mit dem FNB nachdenken.«

»Sie ziehen also eine Koalition mit einer Partei in Erwägung, die immer mehr in den rechten Sumpf rutscht?«

»Der FNB ist eine Partei, die in demokratisch gewählten Parlamenten sitzt. Das ist Ihnen schon klar, Frau

Goszka? Wir dürfen die vielen Bürger, die den FNB wählen, nicht diskreditieren und vor der Tür stehen lassen. Wir müssen sie mitnehmen, ihre Sorgen ernst nehmen. Ihnen über Koalitionsvereinbarungen mit dem FNB den rechten Weg zeigen. Das ist unser Ziel!«

»Den rechten Weg zeigen? Also Terroranschläge der Rechten als Gasexplosionen herunterspielen?«

»Ach, hören Sie doch auf mit diesem Quatsch! Legen Sie mir für Ihre Behauptung einen Beweis auf den Tisch, Frau Goszka, dann können wir darüber weiterreden. Alles andere ist doch überflüssiges Geschwätz.«

»Wenn Ihre Version vom Fall Reinhardt dem entspricht, wie Sie ihn uns hier dargestellt haben, bleiben immer noch Reinhardts kriminelle Aktivitäten in Argentinien und Berlin. Drogengeld waschen. Verkaufen von Drogen und das ›Verschachern‹ von Kindern an zahlende Freier. Schlimmer kann es ein Kind wohl kaum treffen, Herr Minister.«

»Seien Sie doch nicht so verbohrt, Frau Goszka! Natürlich ist diese Drogen- und Kindergeschichte unschön. Aber man kann doch nicht für diese – ich betone – noch unbewiesenen Verfehlungen des Privatmannes Martin Reinhardt den FNB in Schuld nehmen. Übrigens, die Untersuchungen des argentinischen Staatsanwaltes Doktor Duarte sind noch nicht abgeschlossen.«

»Deutschland muss dann wohl auf Antworten aus Argentinien warten. Ich danke Ihnen, Herr Bundesinnenminister.«

»Ein echter Dunkelmann, dieser Herr Seefelder! Der Mann weiß, wie man Probleme verschwinden lässt.«

Es waren nicht diese vierzehn Wörter in der Abmoderation der Susanne Goszka, es war die Abfolge dieser vierzehn Wörter, die Bundesinnenminister Seefelder veranlasste, den Chefredakteur des Fernsehsenders zu einem Essen zu bitten. Nach diesem und einem feucht-fröhlichen Abend in einer Berliner Bar, in der überwiegend Bundestagsabgeordnete aller Couleur verkehrten, verschwand die politische Journalistin, die ihre Gäste ruhig und konzentriert zu interviewen pflegte, vom Bildschirm.

13. Kapitel

5. April 2003

Einen Monat später

Nachdem der März noch für kalte Tage gesorgt hatte, wurde es im April außergewöhnlich mild. Tulpen zeigten sich in vielfarbiger Schönheit. Die warme Sonne, der zarte Duft der Freesien und Hyazinthen versprachen einen freudig gestimmten Nachmittag. Wieder erwachte die Natur zu neuem Leben. Morgendlicher Vogelgesang begrüßte das Frühjahr. Männchen wollten bei den Weibchen Eindruck machen. Es begann die Zeit der Zärtlichkeit.

Emmi und ich hatten uns entschlossen, diesen warmen Frühlingsnachmittag an der Elbe zu verbringen. Mit einem guten Essen bei Sagebiels, einem Kaffee in Blankenese und einem langen Spaziergang wollten wir den letzten Monat, die letzten Tage für einige Stunden hinter uns lassen. Wir lieben Hamburg. Uns liegt der Geschmack dieser Stadt. Und heute präsentierte sich das Elbufer als Gegenteil von dem, was Touristen sonst zu sehen bekommen: Alltagsleere.

Die Pressekonferenz, der Wirbel um Reinhardts skurrile Ermordung und seine Überführung nach Deutschland hatte unseren Nerven viel abverlangt. Hinzu kam die impertinente Presse, die uns noch immer nicht zur Ruhe kommen ließ. Emmi und ich, wir wollten endlich einen Schlusspunkt setzen. Es war die richtige Zeit, der

richtige Tag. Reinhardt würde heute in Chemnitz be-
erdigt. Das bedeutete: Abschluss und Neuanfang. Stille
um uns war uns eine Herzensangelegenheit. Endlich
Ruhe vor der Vergangenheit, das wollten wir. Doch dieser Wunsch war fragil. Wie fragil er war, das machte uns
der Anruf von Böttcher deutlich.

14. Kapitel

Chemnitz, 5. April 2003
15:00 Uhr

Es sollte ein demonstrativer Trauermarsch durch Chemnitz werden, zu dem der FNB aufgerufen hatte. Ein Trauermarsch mit patriotischer Trauerfeier zu Ehren ihres ehemaligen Vorsitzenden und einstigen sächsischen Innenministers, Dr. Martin Reinhardt.

Die Ermordung Martin Reinhardts sei ein Schicksalsschlag für Deutschland, so Sören Högge, Vorsitzender des FNB. Und all die Vorwürfe gegen den Politiker – nein, das sei alles nicht wahr! Das sei die Verschwörungstheorie einer linken Presse, die unsere Gesellschaft hinters Licht führen wolle, sagte Högge in einem Interview.

Wie der Reporter vor Ort berichtete, offenbarte Sören Högges Trauerrede eine erstarkte rechtsextreme Geisteshaltung des FNB. Da wurde von *Rassenkrieg gegen das deutsche Volk* schwadroniert. Wieder über die *verlogene undeutsche Presse* gejammert. Vom *linken Gesindel*, das schlimmer sei, als zu Zeiten der DDR, gefaselt. Es seien in Chemnitz keine Aufwiegler oder Neonazis auf der Straße, schrie Högge mit gehetzter Stimme ins Mikrofon. Es sei der Osten Deutschlands, das Heimatland der Vaterländer, die um Martin Reinhardt trauern wollen.

Das Gedenken an den Toten wich einer blanken Hassrede, berichtete der Reporter weiter. Die Polizei schritt nicht ein. Die Menge jubelte auf dem Friedhof. Und dann passierte es.

Als Högge, aufgeputscht durch den Beifallssturm, in den Tonfall Adolf Hitlers verfiel und schrie: »Doch die arische Kämpferseele wird uns an die Spitze unseres deutschen Reichs führen«, stolperte ein Sargträger kurz vor der Grabstätte. In Folge dieses Stolperns gerieten die fünf anderen Sargträger ebenfalls ins Straucheln. Der Sarg stürzte in das offene Grab und detonierte. Der in eine Hakenkreuzfahne gewickelte Leichnam Reinhardts wurde aus dem Sarg katapultiert und schlug direkt vor Högge auf.

Die Explosion sei durch eine Landmine erfolgt, die sich im Grab des Toten befand und auf Druck reagiere, so die Sprengstoffexperten. Sie wäre auch beim sorgsamsten Aufsetzen des Sargs explodiert. Da die Wände des Grabes die Wucht der Explosion abgemildert habe, gäbe es nur leichte Verletzungen.

Die Tat solle auf das Konto von Linksextremisten gehen, so das LKA in seiner Pressekonferenz.

Chemnitz am späten Nachmittag. Für beide war es ein langer Tag gewesen.

Es hatte aufgehört zu regnen. Lächelnd schlenderten sie die Geschäftsstraße entlang, deren regennasser Asphalt die bunten Lichter der Leuchtreklame widerspiegelten. Sie war müde geworden und manchmal schien sie zu straucheln und suchte Halt bei Jochen Marquardt. Seine Nähe schien ihr zu gefallen. Sie hakte sich bei ihm ein. *Warum um alles in der Welt macht das heute kaum noch jemand?*, dachte sie. *Wieso verzichtet man auf diese Nähe?*

Sie winkten ein Taxi herbei und Eva bat den Fahrer, sie zum Airport nach Leipzig zu bringen.

»Na, das ist ja mal 'ne Fahrt. Wo solls denn hingehen?«

»Nach Paris.«

»Olàlà, Paris.«

Ihr Handy meldete sich mit einer Valse Musette.

»Schon auf Paris eingestimmt?«, meinte der Fahrer wieder.

Sie beachtete seine Aufdringlichkeit nicht, kramte ihr Handy aus der Handtasche und sah auf das Display: *Markus.*

»Markus.«

»Hallo Eva.«

»Böttcher hat mich angerufen.«

»Und?«

»Reinhardts Sarg wurde vor einer Stunde auf seiner Beerdigung in die Luft gesprengt.«

»Ach!«

»Es sei eine linksextremistisch motivierte Tat.«

»Tinnef!«

»Du glaubst es nicht?«

»Ganz sicher nicht!«

Es folgte ein schallendes Lachen.

***

Dr. Jochen Marquardt starb Ende 2004 in den Armen von Alejandro in einem Krankenhaus in Madrid. Kaum ein Mensch in dieser Republik erinnert sich noch an ihn und seine mahnenden Worte:

»Lasst niemals zu, dass nazistische Sachwalter des Todes wieder sagen dürfen: *Ihr seid hier nicht in ein Kurheim gekommen, sondern in ein deutsches Konzentrationslager, aus dem es keinen anderen Weg gibt als durch den Schornstein des Krematoriums.*«

Ende